LA MAIN DE FER

Catalogage avant publication de Bibliothèque et Archives nationales du Québec et Bibliothèque et Archives Canada

Laflamme, Sonia K.

La main de fer

(Atout; 145)
Pour les jeunes de 12 ans et plus.

ISBN 978-2-89723-589-5

I. Titre. II. Collection: Atout; 145.

PS8573.A351M34 2015   jC843'.6   C2014-942506-6
PS9573.A351M34 2015

Les Éditions Hurtubise bénéficient du soutien financier des institutions suivantes pour leurs activités d'édition:

- Conseil des arts du Canada;
- Gouvernement du Canada par l'entremise du Fonds du livre du Canada (FLC);
- Société de développement des entreprises culturelles du Québec (SODEC);
- Gouvernement du Québec par l'entremise du programme de crédit d'impôt pour l'édition de livres.

Conception graphique: Fig communication
Illustration de la couverture: Julie Larocque
Mise en page: Andréa Joseph [pagexpress@videotron.ca]

Copyright © 2015, Éditions Hurtubise inc.

ISBN 978-2-89723-589-5 (version imprimée)
ISBN 978-2-89723-590-1 (version numérique PDF)
ISBN 978-2-89723-591-8 (version numérique ePub)

Dépôt légal/2e trimestre 2015
Bibliothèque et Archives nationales du Québec
Bibliothèque et Archives Canada

Diffusion-distribution au Canada: Diffusion-distribution en Europe:
Distribution HMH   Librairie du Québec/DNM
1815, avenue De Lorimier   30, rue Gay-Lussac
Montréal (Québec) H2K 3W6   75005 Paris FRANCE
www.distributionhmh.com   www.librairieduquebec.fr

Imprimé au Canada
www.editionshurtubise.com

SONIA K. LAFLAMME

LA MAIN DE FER

SONIA K. LAFLAMME

Criminologue de formation et spécialisée en prévention de la violence en milieu scolaire, Sonia K. Laflamme a piloté divers projets destinés aux élèves du primaire. Forte de l'expérience acquise auprès des jeunes, elle s'est ensuite lancée dans la grande aventure de la littérature jeunesse. Depuis 2001, elle a publié une trentaine de romans, sans compter de nombreuses nouvelles. Elle affectionne tout particulièrement la littérature de genre comme le policier, le fantastique, l'historique et la science-fiction.

1

SCIENCES ET TECHNOLOGIES

Lundi 8 janvier…

« Toute chose a une fin : les êtres, les sentiments, les objets, les tendances… Alors, ça
devait forcément arriver », se disait Sophia
Brunelle en regardant le grille-pain d'un air
fâché.

L'adolescente débrancha l'appareil et réintroduisit aussitôt la fiche dans la prise de
courant. Elle abaissa le levier pour faire disparaître les deux tranches de pain ; il se releva dès
qu'elle le relâcha, incapable de rester en place
et d'activer, par le fait même, les serpentins
servant à dorer la mie. Elle inspecta l'objet,
vérifia que le ramasse-miettes était bien en
place. Rien ne clochait. Elle tenta un nouvel
essai, en vain.

— Foutue machine de pacotille ! pesta-
t-elle. Si au moins tu fonctionnais avec des piles
ou à l'énergie solaire ! Il serait temps que tu te
mettes à la page et que tu entres enfin dans le
21e siècle !

Sophia avait une faim de loup. Son bol de
gruau aromatisé au sirop d'érable tiédissait sur
la table. À ses yeux, manger des flocons d'avoine
sans toast représentait une sorte de sacrilège.

Elle saisit une des tranches de pain et y piqua les pointes de deux fourchettes. D'une main, elle maintint le tout au-dessus de la cuisinière électrique tandis que, de l'autre, elle réglait au maximum la température d'un des éléments. En vacances au chalet, elle avait vu des centaines de fois son grand-père faire ainsi dorer du pain sur le vieux poêle à bois.

Comme elle agitait le bout de pain pour qu'il grille uniformément, celui-ci se détacha des fourchettes et s'écrasa sur la source de chaleur. Du bout des doigts, Sophia essaya de récupérer la tranche avant qu'elle ne flambe. Des volutes de fumée s'élevèrent, puis une flamme jaillit. Le détecteur de fumée s'activa aussitôt, émettant un cri strident. L'adolescente se dépêcha de couper l'alimentation de la cuisinière. Elle sortit du réfrigérateur une boîte de bicarbonate de sodium et étouffa le feu en le saupoudrant généreusement de sel basique. Elle empoigna un linge de vaisselle et exécuta de grands mouvements sous le détecteur. Elle ouvrit la porte de la cuisine afin de créer un appel d'air. Cela ne suffit pas à calmer la sirène. Elle se hissa donc sur une chaise et, sur la pointe des pieds, plaça l'interrupteur en position *off*.

Le calme revint enfin. Du haut de son perchoir, Sophia constata l'étendue des dégâts. L'incident avait duré moins de quatre-vingt-dix secondes. Du bicarbonate de sodium recouvrait la cuisinière et le plancher, la tranche de pain était calcinée, un épais nuage de fumée flottait dans la pièce, le gruau refroidi s'était figé et un vent glacial soufflait sur ses pieds.

Elle secoua la tête avec découragement. Heureusement, sa mère était déjà partie au travail. Sinon, elle lui aurait encore fait subir une autre de ses crises.

La jeune fille remit pied à terre. Il fallait tout ranger et réparer le grille-pain hors service. Un technicien lui facturerait au minimum une heure pour la main-d'œuvre, ce qui équivalait à une trentaine de dollars, sans compter le coût de la ou des pièces à changer. À bien y penser, en acheter un neuf reviendrait moins cher. Pour vingt dollars environ, il serait facile de se procurer, dans n'importe quelle grande surface de la Cité, un nouvel appareil assorti d'une garantie d'un an.

Elle croisa les doigts en espérant qu'elle pourrait mettre la main sur un modèle identique. Avec un peu de chance, sa mère n'y verrait que du feu.

Stores inclinés, Kristofer Gunnarsen travaillait dans son laboratoire, concentré et méthodique, à la lumière d'une lampe d'appoint. Seule sa respiration tranquille brisait le silence du sous-sol. Il se frotta les yeux et bâilla avant d'exécuter quelques rotations de la tête. Une de ses vertèbres cervicales craqua. «Toujours la même», remarqua-t-il.

Il rassemblait les pièces du dossier et relisait pour la énième fois le formulaire de candidature, quand son regard bifurqua vers une épaisse enveloppe de papier kraft, laissée à portée de main. Au centre, son écriture régulière annonçait le destinataire : *Grand Concours national des jeunes scientifiques*. Aucun doute ne planait dans son esprit. Les juges encenseraient son projet. Il allait gagner la compétition. Bientôt, Kristofer commencerait à se venger du passé.

— Toujours en vie, Kris ?

Le garçon reconnut la voix de Viktor, son frère cadet, qui filtrait au travers de la porte close.

— Ouais.

— On t'attend pour le petit-déjeuner ou tu passes ton tour ?

— Donnez-moi deux minutes !

Kristofer prit le dossier de candidature, ainsi que le prototype qu'il avait conçu et enveloppé dans du papier bulle, puis glissa le tout dans l'enveloppe qu'il cacheta. Il rangea dans un tiroir le cahier à la jaquette de cuir marron dans lequel il avait accumulé ses notes de recherche. Il éteignit la lampe et quitta son laboratoire.

Lorsqu'il pénétra dans la cuisine, sa mère l'accueillit en posant la main sur sa joue. Elle le couva d'un regard tendre. Elle lui pardonnait ses absences prolongées au sous-sol, ce projet spécial qui l'occupait au point d'oublier famille, repas et loisirs. «Tant qu'il est dans la maison, il ne peut pas faire de bêtise», se rassurait-elle.

— Tu sais, souffla-t-elle, je n'ai pas fait des enfants pour ne jamais les voir.

Lui aussi, il lui caressa la joue. Il la trouva belle. Fatiguée, inquiète, mais toujours belle. Il ne pouvait imaginer une mère plus compréhensive. Il la serra fort contre lui.

— Message reçu, glissa-t-il au creux de son oreille. Je t'adore…

Les deux garçons et leur mère s'assirent pour manger du gravlax fait maison sur des carrés de pain de seigle. Kristofer se demanda de quelle manière il organiserait désormais ses temps libres. Il songea à Sophia, sa petite amie. Le soir même, ils pourraient aller ensemble au cinéma. Elle serait ravie. Elle aussi, il la négligeait.

Ni sa mère ni son frère n'étaient au courant de ce qu'il tramait dans son laboratoire. Ils ne lui posaient pas de question, ne s'aventuraient pas dans la pièce, fermée en permanence, quoique jamais verrouillée. Ils respectaient la volonté de Kristofer.

Ingrid Gunnarsen ne se doutait de rien. Elle pensait que le jour où ses fils et elle avaient immigré, quatre ans plus tôt, ceux-ci avaient tout effacé de leur mémoire. De son côté, pourtant, la femme pensait sans cesse à ce qu'elle avait laissé derrière elle. Des images déplaisantes du passé la hantaient, l'empêchaient de

profiter pleinement de la vie et la détruisaient
à petit feu.

○

Dans le local de sciences et technologies,
un quart d'heure avant la fin du premier cours
de la journée, pendant que madame de La
Coulonnerie distribuait les copies corrigées
d'un travail remis par ses élèves avant le congé
de Noël, Kristofer Gunnarsen franchit la porte
en coup de vent.

— Vous commencez mal l'année, jeune
homme. Je croyais que vous auriez pris la
résolution de ne plus arriver en retard.

Le reproche n'en était pas vraiment un. Au
fond, la femme était ravie de revoir son meilleur élève.

— J'ai une excellente raison, Agnès.

Le garçon était le seul à l'appeler par son
prénom. Il ne dérogeait toutefois pas à la règle
prescrite du vouvoiement.

— Pas de billet de retard, à ce que je vois,
nota-t-elle.

Kristofer leva l'index droit.

— Bientôt, vous serez très fière de moi.

Elle esquissa un sourire. D'un signe de la
tête, elle le pressa de regagner sa place.

— Oh, je le suis déjà, jeune homme. Je vous
prierais cependant de ne pas abuser de mes
bons sentiments à votre égard. Vos camarades
se plient volontiers aux consignes, eux.

— Message reçu.

Kristofer traversa le local en direction de son pupitre où il prit place.

La professeure poursuivit la remise des copies. Pour la première fois depuis septembre, le jeune Norvégien d'origine n'était pas le seul à jouir du prestige d'une note parfaite. Son camarade Philippe Mandeville partageait avec lui la première position pour avoir rédigé un brillant compte rendu sur les explosifs.

Après le cours, dans le corridor menant vers les casiers, ce dernier s'approcha de Kristofer.

— Pour le prochain projet de sciences, on pourrait travailler ensemble, proposa le garçon.

— Dans tes rêves! persifla Kristofer, le regard droit devant lui, sans ralentir le pas.

Philippe ne se laissa pas démonter par le refus acerbe de son camarade.

— Comme on est les deux meilleurs de la classe, je me disais qu'on…

Kristofer s'arrêta net.

— Je ne fais pas équipe avec des gars dans ton genre! trancha-t-il en lui enfonçant l'index dans l'épaule. Dégage ou bien je…

Il suspendit sa menace. D'autres élèves les observaient avec curiosité.

— Ne t'approche pas de moi, lui intima Kristofer, les dents serrées. Compris?

À peine eut-il prononcé le dernier mot qu'il fendait la cohue pour disparaître à l'autre bout du couloir. Philippe Mandeville demeura interdit. Il ne comprenait rien à l'attitude de

Gunnarsen ni à ses allusions. Il reprit sa route vers les casiers, convaincu que la frustration de ne plus être le meilleur élève en sciences faisait dire n'importe quoi à son camarade.

○

Sa tête bascula lentement, réveillant Kristofer qui tenta de se concentrer de nouveau sur le film loué par sa petite amie. Devant ses yeux fatigués, l'intrigue se distordait, perdait de son sens. Il sombra de plus belle et glissa vers Sophia qui, au lieu de le ranimer d'un bon coup de coude, l'accueillit sur ses cuisses. Elle saisit la télécommande et appuya sur la touche *stop*. Dans la pénombre du salon, elle observa les traits du garçon. Elle lissa ses cheveux châtains vers l'arrière, massa son front, caressa l'arête de son nez avant de chatouiller la ligne pulpeuse de sa bouche. Il était si beau. Si secret, aussi.

Ils se voyaient rarement. À l'école, les pauses trop courtes entre les cours ne leur permettaient pas toujours de se retrouver. Comme Sophia n'était pas une élève très douée, elle consacrait ses heures de dîner à des séances obligées de rattrapage. Quant aux soirées et aux fins de semaine, Kristofer les passait isolé dans son laboratoire.

— Je dors depuis longtemps? demanda-t-il soudain en ouvrant les yeux.

Elle haussa les épaules. Il se redressa et l'embrassa. Le baiser s'éternisa. Leurs corps se pressèrent davantage, des papillons volèrent dans leurs estomacs. Ils se dégagèrent, haletants.

— Tu me fais penser à ma mère, remarqua-t-il.

La déclaration n'avait rien de romantique, surtout prononcée à un pareil instant. Elle prenait néanmoins des accents de gratitude dans la bouche de Kristofer.

— Toi non plus, tu ne me grondes pas, précisa-t-il.

Sophia était bien placée pour savoir que les remontrances ne menaient à rien, sinon à une résistance plus grande de la part de celui qui les subissait.

— Je te fais confiance.

— C'est en plein ce que je voulais dire, indiqua-t-il.

Il se leva du sofa, laissant sa main dans celle de son amie. Il ne se résignait pas à partir malgré le retour imminent de la mère de Sophia.

— Mon projet est terminé, annonça-t-il. Je suis allé au bureau de poste, ce matin, pour le soumettre à un concours. J'ai d'excellentes chances de gagner.

Allait-il lui révéler ce sur quoi il travaillait depuis des mois ? Consentirait-il à lever le voile sur le mystère qu'il entretenait jalousement ?

— On va se voir plus souvent, à partir de maintenant. Qu'est-ce que tu en dis ?

Le sourire de l'adolescente s'épanouit.

— Génial!

Kristofer l'attira à lui et l'embrassa de plus belle, puis leurs doigts se détachèrent, leurs corps s'éloignèrent, et leurs regards langoureux se dirent bonne nuit. Le garçon mit manteau et bottes, et releva son capuchon, prêt à affronter les tourbillons de neige qui tombaient du ciel.

Après son départ, Sophia monta dans sa chambre. Elle se déshabilla, revêtit un long chandail en guise de pyjama et se dépêcha de faire sa toilette. Il était encore tôt, mais elle ne souhaitait pas croiser sa mère qui lui parlerait du nouveau grille-pain et l'accuserait à coup sûr d'avoir brisé l'ancien.

Sous la couette, l'adolescente repensa à son petit ami. En presque cinq mois de fréquentations, jamais ils n'avaient abordé la délicate question du sexe. À présent qu'ils se verraient plus souvent, les choses allaient sûrement évoluer. Sophia souhaitait un rapprochement intime en même temps qu'elle l'appréhendait. Saurait-elle poser les bons gestes au bon moment? Chose certaine, elle l'aimait. Ce serait lui le premier. Elle l'avait décidé.

Sa mère redoutait que Kristofer, plus vieux que sa fille, la pousse à faire quelque chose contre son gré. Seulement, voilà: le garçon n'en soufflait mot, alors que bien d'autres ne discutaient que de cela. Se montrait-il différent par timidité? Par respect et amour pour elle?

Ou par manque d'intérêt? Sans doute son projet accaparait-il trop son énergie et son attention. Son attitude changerait-elle maintenant qu'il l'avait terminé? Peut-être n'avait-il jamais été aussi loin avec une fille. Sophia ne lui connaissait d'ailleurs aucune petite amie avant elle.

Elle soupira et donna un coup de poing dans son oreiller avant d'y poser la tête.

— Ça te vient d'où, ce soudain intérêt pour le cours de sciences et technologies?

— Disons que je me sens… inspiré. Tu imagines? Moi, en ingénieur? Ou un truc du genre? Ça risque de rapporter un paquet d'argent. Notre vie va se transformer.

— Il paraît que l'argent ne fait pas le bonheur.

Philippe ne put s'empêcher de rire en décochant un clin d'œil amusé à sa sœur jumelle.

— C'est des conneries pour empêcher les gens comme nous de rêver, pour nous forcer à travailler plus dur. Je te le dis, Cath. On va se la couler douce. On va partir de cet appart minable et de ce quartier pourri.

— Ce n'est quand même pas si pire, dit-elle. Surtout si on met de côté les souris qui courent entre les murs, les moisissures et les cambriolages chez nos voisins…

Le garçon grimaça. D'autant plus que sa sœur n'avait pas brossé un tableau complet de leur situation.

— Les ingénieurs, ça voyage, non? remarqua-t-elle. Un congrès par-ci, un autre par-là… Qu'est-ce que je vais devenir, moi?

Les jumeaux se resserrèrent l'un contre l'autre sur le divan du salon, comme pour mieux se prémunir des dangers du monde extérieur.

— Toi et moi, c'est le seul absolu qui existe, affirma-t-il.

Philippe lui prit la tête qu'il accueillit au creux de son épaule. Catherine aimait l'entendre parler ainsi, avec conviction et tendresse. Il était son confident, son meilleur ami. Plus encore, son âme sœur. Elle ne craignait pas la mort. Juste la vie sans lui.

— Je ne ferai jamais rien sans toi, insista-t-il.

— Et Kristofer Gunnarsen? Il te plaît, non?

Une pointe de désarroi perçait à travers la voix de l'adolescente. Son frère savait qu'elle éprouvait le constant besoin d'être rassurée.

— Tu crois que je l'aime, c'est ça?

Elle acquiesça en silence.

— Disons que…

Philippe ne parvenait jamais à mentir à sa sœur. Elle connaissait chacun des mots de son histoire comme si elle les avait elle-même pensés et choisis.

— Peu importe, décréta-t-il. Personne ne t'éloignera de moi. Je ne le permettrai pas.

Rassérénée, Catherine se blottit davantage contre lui et il l'embrassa sur le front.

Jeudi 11 janvier…

Paul Szabo se précipita au Jersey's Pub un quart d'heure après le dernier cours de la journée. Il répondait ainsi à l'appel magnétique de l'incontournable apéritif hebdomadaire. Il avait envie de changer d'air, de voir du beau monde, de trinquer et de discuter.

Arrivé tôt, il n'avait donc pas besoin de faire la file dehors, à sautiller sur place pour combattre le froid devant l'entrée de ce bar branché, en plein centre de la Cité. Assis au chaud, il surveillait les arrivages féminins en attendant des amis ou des collègues avec qui il discuterait d'économie ou de golf.

— Bonsoir, Szabo!

— Monsieur Fraser! salua-t-il le nouveau venu en se levant et en lui serrant la main. Je ne croyais pas vous retrouver ici. Avez-vous reçu mes messages?

L'homme d'une soixante d'années se débarrassa de son paletot de laine. Il héla un serveur et commanda une pinte de Guinness. Il promena son regard sur la clientèle. Son balayage visuel captura au vol deux jeunes femmes, accoudées au bar. Il afficha un sourire carnassier avant de revenir à Szabo et à sa question.

— Vous savez comment c'est, le retour des vacances. Une multitude de suivis d'appels et de courriels, des dossiers à trier, des factures à approuver. Vous étiez le prochain sur ma liste.

Szabo approuva par politesse à l'égard de son patron. Il but une gorgée de son pineau des Charentes tandis qu'on apportait un stout coiffé d'un large col de mousse à William Fraser. Celui-ci y trempa les lèvres, qu'il essuya ensuite de ses doigts.

En novembre, Paul Szabo avait été embauché au CNRST, le Centre national de recherches scientifiques et technologiques. L'organisme paragouvernemental souhaitait bénéficier des conseils de cet économiste réputé, expert notamment en mise en marché, de même qu'en développement d'entreprises et en relance de secteurs d'activités qui s'essoufflaient. On lui avait en plus confié la tâche de coordonner le Grand Concours national des jeunes scientifiques.

— Comme je vous le mentionnais dans mes messages, j'ai commencé à dépouiller les candidatures soumises au concours.

Les deux hommes avalèrent une gorgée de leurs verres respectifs.

— Ces jeunes ont du potentiel, poursuivit le nouveau coordonnateur. Plus d'une entreprise les recruterait immédiatement, et ce, même s'ils sont mineurs et n'ont encore aucun diplôme universitaire en poche.

— Oui, acquiesça Fraser. Étonnamment imaginatifs, ces petits.

— À ce propos, je crois que cette imagination tirerait avantage à être balisée, monsieur.

— Pourquoi donc, Szabo?

— Parce que c'est... mal.

Fraser sourcilla. Avait-il engagé à son insu une sorte de catholique endurci qui s'appuyait sur la religion pour étayer ses arguments?

— L'objectif de ce concours ne consiste pas à mettre sur la paille des entreprises florissantes, ajouta le coordonnateur. N'est-ce pas?

Sur le ton de la confidence, Szabo révéla à son supérieur ce qu'il avait entraperçu en feuilletant les dossiers et se permit d'énumérer les risques reliés à la commercialisation de certains projets.

— Que recommandez-vous, Szabo? s'informa le directeur général d'un ton soucieux.

— Il faudrait resserrer les critères de sélection dès l'an prochain, afin d'éviter que ne ressurgissent de tels embarras, proposa le nouveau coordonnateur. Quant à la présente édition du concours, les choses m'apparaissent un peu plus délicates. Quoi qu'il en soit, et malgré l'excellence d'un ou deux prototypes, je ne voterai pas pour eux, compte tenu des effets négatifs potentiels sur l'économie globale.

William Fraser se frotta la barbe.

— En avez-vous glissé un mot à quelqu'un d'autre, au centre?

— Bien sûr que non, monsieur. J'attendais d'abord d'en informer le directeur général.

— La chose mérite en effet que je m'y attarde.

Alors que le coordonnateur du concours disparaissait à la salle de bain, Fraser avala le reste de sa pinte d'un trait. Il sortit ensuite son téléphone cellulaire de la poche de son paletot. Il sélectionna pour la première fois un nom qui figurait pourtant depuis un certain temps dans son carnet d'adresses. Après une seconde d'hésitation, il rédigea un texto: «Nous avons un problème...»

2

LE VIEUX PONT DE L'EST

Vendredi 12 janvier...

— J'aimerais m'entretenir avec monsieur Kristofer Gunnarsen, s'il vous plaît, demanda une voix féminine, à l'autre bout de la ligne.

L'adolescent n'avait guère l'habitude qu'on l'appelle ainsi. Et le titre n'était pas sans lui déplaire. Il se mit à couvert dans son casier afin d'étouffer la rumeur qui régnait dans l'école.

— C'est moi...

— Bonjour, monsieur Gunnarsen. Je suis la secrétaire du coordonnateur du Grand Concours national des jeunes scientifiques. Je vous téléphone à propos de votre prototype nommé Ergon. J'espère que je prononce bien...

Le jeune inventeur demeura sans voix. Il ne s'était pas attendu à ce qu'on communique avec lui si tôt. Il pensait recevoir un accusé de réception au courant de la semaine suivante, tout au plus.

— Nous avons en main toutes les pièces justificatives pour l'analyse de votre dossier, monsieur Gunnarsen. Hélas, un contretemps est survenu. Nous avons brisé votre prototype...

Le garçon voulut placer un mot, mais la femme s'empressa d'ajouter :

— Comme la date butoir est aujourd'hui et que la divulgation des vainqueurs se fera à la fin du mois, je me dois d'expédier sur-le-champ les projets aux juges pour qu'ils aient le temps de les évaluer. J'espère que nous aurons le plaisir d'examiner le vôtre l'an prochain.

L'an prochain? Kristofer n'avait pas travaillé et sacrifié des années de sa vie pour voir le fruit de ses efforts différé dans le temps. Surtout pas à cause de la maladresse d'un préposé à l'ouverture des colis.

— Comme le bris vient de vous, vous pourriez au moins m'accorder un délai, argua-t-il.

— C'est vraiment impossible, assura-t-elle.

— Quand vous dites *sur-le-champ*, ça veut dire quand au juste?

— Au plus tard avant la fin de la journée. Je comprends votre déception, monsieur Gunnarsen. Je suis vraiment désolée. Au revoir!

La secrétaire rompit la communication. Une tonalité continue résonna à l'autre bout de la ligne. Furieux, Kristofer émergea de l'obscurité de son casier, prit son manteau et ses affaires. Il quitta l'école sans en aviser personne.

À l'amorce de la fin de semaine, le centre commercial grouillait de clients. Bras dessus, bras dessous, Sophia Brunelle et Michelle Bernard, sa meilleure amie, léchaient les vitrines à la recherche d'aubaines.

— Elle ne s'est aperçue de rien ?

— Elle ne m'en a pas parlé, en tout cas.

— Tu as eu de la chance d'en trouver un semblable. À quoi tu as pensé ? Ou plutôt à qui ? précisa Michelle avec une moue taquine.

En un clin d'œil, Sophia balaya les souvenirs du grille-pain brisé et de la cuisine en désordre.

— On s'est vus presque tous les soirs, cette semaine, annonça-t-elle, ravie.

— Et puis ?

— Et puis quoi ?

— Tu sais bien ! la pressa Michelle. Je veux tout savoir, pas juste pour les baisers, là.

Sophia réprima un sourire timide.

— Il n'y a rien qui presse.

— Bizarre, trancha son amie en comprenant que rien de « sérieux » ne s'était encore produit entre les deux amoureux. D'habitude, les garçons...

— Kris n'a rien à voir avec les autres gars.

— Peut-être qu'il est...

Michelle hésita à poursuivre sa phrase. À l'école, une rumeur courait sur Philippe Mandeville, que l'on voyait de plus en plus souvent dans le sillage du beau Norvégien. Était-elle vraie ? L'adolescente ne détenait aucune preuve, mais il lui parut important que son amie soit mise au courant.

— Eh bien, je dis ça comme ça, mais... peut-être qu'il est gai.

Sophia pouffa malgré elle. «N'importe quoi!» pensa-t-elle. Elle ne se donna même pas la peine de répliquer.

Les deux amies entrèrent dans une boutique, choisirent quelques articles de mode et passèrent dans les salons d'essayage.

Seule dans la cabine, Sophia suspendit sur un crochet les deux chandails qui lui plaisaient. Elle commençait à retirer son manteau quand elle s'immobilisa devant le grand miroir. Gai? Elle soupesa l'hypothèse qu'elle avait d'abord rejetée du revers de la main. En dépit de la trahison que la supposition impliquait, celle-ci fournissait pourtant une explication, parmi tant d'autres, au fait que Kristofer n'ait jamais abordé le sujet de la sexualité avec elle et qu'il n'ait pas eu de petite amie auparavant…

Elle se mit à frémir. Non, impossible. Pas lui. Ça ne pouvait pas arriver. Pas à elle. Elle l'aimait trop. Elle chassa aussitôt cette idée saugrenue de son esprit et revêtit le premier chandail qu'elle avait choisi.

Lundi 15 janvier…

Sous une neige clairsemée, les deux adolescents revenaient à pied de l'école, pelotonnés l'un contre l'autre. Au cours du petit trajet d'une dizaine de minutes, Kristofer jeta des coups d'œil nerveux alentour.

— Qu'est-ce qui se passe ? s'inquiéta Sophia.

Il se redressa pour regarder furtivement par-dessus son épaule.

— J'ai froid, murmura-t-il. J'aurais dû prendre ma voiture, ce matin…

Il se plaignait alors qu'un redoux fasse grimper ce jour-là le mercure autour du point de congélation. Sophia ne releva pas le commentaire, et ils poursuivirent leur route en silence. Ils arrivèrent bientôt en vue de la maison de la jeune fille.

Lorsqu'ils traversèrent la rue, une voiture négligea son arrêt obligatoire et fonça droit sur eux. Le garçon sauta de côté en agrippant le manteau de sa petite amie. Ils roulèrent au milieu de la voie, évitant de justesse la collision. Kristofer se releva et tendit la main à Sophia pour l'aider à se remettre debout.

— Il n'a même pas freiné…, constata cette dernière, stupéfaite. Il aurait pu au moins s'arrêter pour vérifier qu'on allait bien. Et puis, il roulait trop vite. C'est une zone de quarante, ici ; pas une piste de course. Tu as vu sa plaque ?

Le garçon la dévisagea soudain d'un drôle d'air, comme si elle venait d'énoncer quelque chose de capital ou de ridicule.

— Allez ! dit-elle. On y va…

— Je… je rentre chez moi.

Ils avaient prévu de souper chez elle, en compagnie de madame Brunelle, pour une sorte de rencontre officielle. « Il doit être sous le choc de l'incident », se convainquit-elle.

— Tu veux que je te raccompagne? lui proposa Sophia.

— Je préfère rester un peu seul.

Il lui donna un baiser qui n'avait rien de très passionné, puis s'éloigna.

Quand Sophia monta l'escalier de l'entrée secondaire menant à la cuisine, sa mère ouvrit la porte pour l'accueillir.

— J'ai tout vu! Vous avez failli y passer! C'était quoi cette idée de courir pour traverser la rue?

L'adolescente chercha dans sa mémoire à remettre bout à bout tous les moments de la scène. Kristofer et elle marchaient vite, mais ils ne couraient pas. Ça, elle pouvait le jurer. Pire, sa mère négligeait le fait que le fautif, c'était l'automobiliste, pas eux.

— On appelle ça un délit de fuite. J'imagine que tu n'as pas pensé à relever la plaque?

La bouche de Sophia se tordit. Elle n'avait pas envie de participer à cette conversation, de crouler sous les critiques.

— Je me porte bien, au cas où ça t'intéresserait.

Les yeux de Julie Brunelle papillotèrent.

— Il ne viendra pas manger, j'imagine?

— Il s'appelle Kristofer, maman.

La jeune fille retira ses vêtements d'extérieur et monta se réfugier dans sa chambre. Elle plaqua ses écouteurs contre ses oreilles et sélectionna de la musique sur son baladeur numérique. Elle ouvrit ensuite son sac d'école afin de commencer ses devoirs. Elle lut la première question de l'exercice d'anglais. Encore et encore. Elle ne parvenait ni à se concentrer ni à trouver la réponse, pourtant facile. Elle repensait à l'attitude mystérieuse de Kristofer ainsi qu'au mépris de sa mère.

Celle-ci entra d'ailleurs dans la chambre de sa fille. Elle n'eut pas le temps de placer un mot que Sophia prit les devants.

— Qu'est-ce que tu lui reproches au juste? Il a deux ans de plus que moi, et puis après? Kristofer est un gars sérieux. Il a d'excellentes notes. Qu'est-ce que tu veux de plus?

— Justement! Je me demande ce qu'il fait avec toi!

Ces paroles décontenancèrent Sophia. Elle n'en revenait pas que sa propre mère puisse émettre pareille remarque. Depuis son entrée au secondaire, qui coïncidait avec le départ précipité de son père pour la Floride, elle accumulait les mauvaises notes, allant chaque fois jusqu'à frôler le redoublement. Des larmes mouillèrent ses joues.

— C'est… vraiment nul, ça.

— Ce n'est pas ce que je pense, So…

— Ça ne t'a pas empêchée de me le lancer à la figure, par contre!

— Pardonne-moi.

L'adolescente essuya ses larmes, se détourna et replongea dans son devoir d'anglais, même si le cœur y était encore moins.

Une fois de plus, Julie Brunelle s'y était mal prise. Toute trace de délicatesse ou de diplomatie disparaissait quand elle s'adressait à sa fille. Dès qu'elle ouvrait la bouche en sa présence, elle mettait les pieds dans les plats. À croire qu'elle ne l'aimait pas…

La femme fixa longtemps le dos de Sophia. Elle amorça un geste vers elle, pour se raviser à la dernière seconde.

Mercredi 17 janvier…

Au son de la cloche, les élèves se levèrent d'un bond, heureux de s'échapper, la tête déjà ailleurs. Un incendie ne les aurait pas propulsés plus vite vers la sortie. Dans le corridor bondé, Philippe aperçut Kristofer. En dépit de l'animosité de ce dernier, il fonça droit dans sa direction.

— Salut, Kris! Ça roule?

Philippe toucha le bras du jeune Norvégien qui se déroba aussitôt. Le mouvement brusque étonna des élèves qui passèrent néanmoins leur chemin. À l'autre bout de l'allée, Agnès de La Coulonnerie venait de verrouiller la porte du local de sciences et technologies et s'approchait des deux garçons.

— Bonne soirée, lui souhaita Philippe.

— Merci. À vous aussi, messieurs.

Kristofer en profita pour emboîter le pas à la femme, se soustrayant ainsi à la présence indésirable de son camarade. Philippe les rattrapa en trois longues enjambées.

— Et si on travaillait ensemble? proposa-t-il, prenant à témoin leur professeure.

— Vous feriez une équipe formidable, prophétisa-t-elle, ravie.

— Je préfère travailler seul, affirma le Scandinave d'un ton poli, mais le visage hermétique et les muscles tendus à l'extrême.

— Je vous ai laissé faire jusqu'à maintenant, Kristofer, intervint Agnès de La Coulonnerie. Un jour, vous devrez bien accepter des coéquipiers. Le plus tôt sera le mieux, non?

Faute d'arguments et se sentant pris au piège, le garçon approuva en silence, tandis que Mandeville souriait en coin. Après un bref salut, la femme bifurqua vers l'aile donnant accès au salon du personnel.

— Tu vas voir, souffla Philippe. C'est bien plus agréable à deux…

Kristofer n'aimait ni le ton de son compagnon ni ce que laissait supposer la dernière phrase. Il ne voulait rien savoir de lui. Surtout pas depuis qu'il avait mis au jour son horrible secret.

— J'ai dit oui comme ça, devant elle, sauf que toi et moi, on ne fera jamais partie de la même équipe, précisa-t-il d'un trait.

— Qu'est-ce que je t'ai fait?

Mandeville semblait au-dessus de ses affaires. Kristofer eut la conviction que son vis-à-vis ne ressentait aucune honte, aucune culpabilité. Cette pensée le dégoûta.

— Tu le sais très bien! J'ai compris ce que vous faisiez, avant Noël, à la fête de Michelle Bernard, quand vous étiez dans sa chambre. Je ne suis pas un idiot, Mandeville! J'ai des yeux pour voir!

Philippe tenta de rassembler ses souvenirs. Seules des images fugaces et floues lui revinrent à la mémoire. Elles ne représentaient hélas rien de précis.

— J'avais un peu bu, plaida l'accusé d'une voix calme. Et fumé un ou deux pétards. Ça ne devait pas être si grave que ça puisque les autres continuent de me parler…

De l'alcool, de la drogue. Aux yeux de Kristofer, il était trop facile de reporter la faute sur ces évasions éphémères qui entraînaient souvent des conséquences indélébiles et pathétiques. Il savait, pour en avoir été témoin, que l'abus de ces substances finissait par dénaturer les êtres. Même ceux qu'on aimait.

— Peut-être parce qu'ils ne t'ont pas vu avec… avec…

Kristofer s'interrompit, ne parvenant pas à terminer sa phrase. Il prit le parti de s'esquiver. Philippe le rattrapa devant la section des casiers, là où les élèves récupéraient sacs et manteaux en vue de quitter l'école. Il tenait à comprendre ce dont on l'accusait.

— Tu n'es qu'un dépravé! lança le jeune Norvégien en le foudroyant du regard. Fous-moi la paix ou je dis tout!

La menace éclata au-dessus du tumulte. Des élèves considérèrent un instant les deux garçons qui se dévisageaient en chiens de faïence. Puis, le désir de ne pas manquer l'autobus se rappela aux spectateurs de la scène qui s'éloignèrent.

Non loin de là, Sophia observait les agissements étranges de son petit ami. Depuis le début de l'altercation, elle était restée à bonne distance. À présent que Mandeville battait en retraite, elle hésitait à rejoindre Kristofer. Qu'est-ce qui lui prenait? Lui, toujours gentil et affable, s'attaquait à un élève assez populaire. Pourquoi? Parce qu'il n'acceptait pas qu'il soit aussi bon que lui en sciences? C'était l'hypothèse que quelques élèves avaient émise la semaine précédente, au lendemain de leur première dispute en public.

La jeune fille prit son compagnon en filature jusqu'à l'extérieur de l'école. Il lui parut pressé et tendu. Elle ne le reconnaissait plus. Il était distant avec elle, l'embrassait moins. Il avait l'air encore plus préoccupé qu'avant, quand il travaillait sur son mystérieux projet. Que se passait-il?

Devant elle, Kristofer stoppa net. Il colla son téléphone cellulaire contre son oreille. Le sifflement du vent couvrait sa voix. Lorsque

Sophia arriva à sa hauteur, elle entendit enfin ce qu'il disait :

— Allez vous faire voir !

Le garçon coupa la ligne et aperçut la jeune fille qui le dévisageait d'un air perplexe.

— Ça va, Kris ?

— Bien sûr…, mentit-il.

Encore une fois ce ton brusque, ce regard plein de faux-fuyants, nota-t-elle. Elle fit un pas vers Kristofer ; il l'arrêta d'un geste.

— Je… suis un peu fatigué, So. Je vais rentrer seul. OK ? Excuse-moi.

Inquiète au plus haut point, la jeune fille le laissa quand même partir. Kristofer pouvait parfois se montrer si insaisissable. Et lui poser des questions ne servait à rien : il ne répondrait pas. Mieux valait attendre que les confidences viennent de lui.

Jonathan Spin appuya sur la touche de composition automatique associée à l'un de ses nombreux contacts. Malgré la distance qui les séparait, les réseaux se connectèrent en une fraction de seconde et sa correspondante, qui habitait Bruxelles, répondit au bout de deux sonneries. La technologie valait son pesant d'or. Elle simplifiait la vie, faisant disparaître les petits tracas du quotidien en un tournemain. On ne pouvait plus se priver de ses avancées une fois qu'on y avait pris goût.

Spin négligea les salutations et les banalités d'usage. Le temps valait de l'argent. Surtout dans le cas qui les intéressait.

— Mes démarches n'ont pas donné le résultat escompté, annonça-t-il sans détour. La cible a repoussé vos offres.

— L'inflexibilité est un vilain défaut, trancha la femme avec un accent flamand.

Le jeune homme ne répondit rien. Ses commentaires ou ses jugements de valeur ne passionnaient guère sa lointaine interlocutrice. Celle-ci exigeait des faits, des réussites ou bien des solutions. Elle seule se permettait d'interpréter ou de critiquer les situations.

— Et le plan B? reprit la correspondante belge.

— Grâce à ma petite équipe, tous les éléments sont réunis pour le mettre à exécution, affirma Jonathan.

Un léger bruit de froissement corrompit la ligne.

— Je vous donne quarante-huit heures pour faire le nécessaire, lui intima-t-elle. Après, je ne veux plus en entendre parler.

Vendredi 19 janvier…
Sophia relut la note imprimée sur un bout de papier, trouvée en fin de journée dans son casier. Elle vérifia l'heure: déjà 23 heures 30. Il n'y avait plus une seconde à perdre. Étant

donné que sa mère n'aurait jamais consenti à ce qu'elle se présente à un rendez-vous nocturne avec Kristofer, l'adolescente sortit en catimini de la maison.

L'air était doux. Les étoiles piquaient le ciel d'encre, la lune brillait. Sophia prit l'autobus et descendit à quelques rues du vieux pont de l'Est qui enjambait autrefois le chenal et menait à une île privée, depuis longtemps désertée. Une fois là-bas, elle poursuivit sa route à pied. Elle espérait que son petit ami lui fournisse des explications. Comme elle ne l'avait pas vu de la journée, elle s'était étonnée de découvrir une note dans son casier. Plus d'une fois, elle avait pensé le joindre sur son cellulaire, sans oser passer à l'acte. Elle devait respecter son rythme à lui, se répétait-elle, sensible et si amoureuse du jeune homme.

En moins de dix minutes, elle arriva aux abords du pont en ruine. Kristofer s'y rendait souvent. Il prétendait que l'endroit l'aidait à réfléchir. Il l'y avait d'ailleurs emmenée pique-niquer, au début de l'automne. Malgré le faible éclairage de l'endroit, elle aperçut la voiture du garçon, un vieux Dodge Dart des années 1970 de couleur crème. Elle reconnut sans difficulté la silhouette de son petit ami, debout à côté de l'antiquité.

Il n'était pas seul. Quelqu'un qu'elle ne parvenait pas à identifier se tenait près de lui qui portait un anorak foncé avec une bande réflectrice dans le dos et sur le capuchon.

Kristofer et cette personne se bousculaient, se disputaient. Sophia s'immobilisa. Devait-elle se manifester ou attendre la fin des hostilités ? Elle n'avait pas encore arrêté son choix quand l'inconnu se détacha brusquement de son compagnon et s'éloigna au pas de course.

Le jeune Scandinave monta dans sa voiture. Dans l'habitacle, il se pencha pour mettre le contact. Le moteur démarra. Kristofer releva la tête et la tourna vers sa petite amie, au loin. Sophia sortit enfin de sa léthargie. Elle se remit à marcher. La nervosité lui vrillait l'estomac. «Je veux des réponses, Kris», se disait-elle, mécontente. Et elle tenait à ce qu'elles viennent de lui !

Le moteur du Dodge Dart eut un sursaut. Une fraction de seconde plus tard, une détonation assourdissante retentit dans la nuit calme. Une boule de feu aveuglante jaillit du véhicule, et le souffle de l'explosion projeta violemment Sophia vers l'arrière.

3

L'IDENTIFICATION DE ROUTINE

Samedi 20 janvier...

Sarto Duquette avait préparé un copieux petit-déjeuner pour sa fille et lui. Sa femme effectuait des quarts de nuit, la fin de semaine, à l'hôpital. Elle était revenue une heure plus tôt et s'était précipitée au lit pour rattraper quelques heures de sommeil. Cela laissait ainsi à l'inspecteur un peu de temps, seul à seule en compagnie d'Alexia.

Tout en devisant gaiement, ils mangèrent une omelette aux pommes de terre et au fromage ainsi que des tartines à la confiture. Puis, le père attrapa le journal qu'il se mit à feuilleter, jambes croisées, un coude sur la table, le visage concentré.

— Tu ne trouves pas que ça salit les mains ? demanda l'adolescente en pointant le quotidien numéro un de la Cité. Internet, c'est beaucoup plus propre. Sans compter que ça limite les déchets.

— La journée où je vais m'asseoir devant un ordinateur pour prendre le pouls de la ville, eh bien les poules auront des dents. Ne t'en fais pas, je recycle.

Alexia repoussa son assiette vide. Elle se versa une deuxième tasse de thé.

— Le recyclage, c'est bien; la réduction, c'est mieux.

— Si ça ne te dérange pas, ma chérie, on va faire une exception dans mon cas.

Il reprit sa lecture. Sa fille se mit à rire en sourdine. Elle nettoya son coin de table et empila sa vaisselle sale dans l'évier. Passant derrière son père, elle plaça sa joue contre la sienne en guise de câlin.

— Bonne journée, inspecteur antigadget! lui souhaita-t-elle, moqueuse.

— C'est ça, oui, marmonna-t-il sans lever les yeux de l'article qu'il lisait. Bonne journée!

Elle sortit de la cuisine, et le silence enveloppa le policier. Il parcourut le journal, le bout des doigts noircis par l'encre du papier. Internet? Un ordinateur? Ou une tablette électronique? Aux yeux de ceux qu'il fréquentait, ce serait la chose la plus simple, la plus banale du monde. Certainement pas pour Duquette, pas pour le technophobe par excellence qu'il était. Il savait qu'un jour ou l'autre, la publication du journal cesserait. Depuis quelques années, les ventes chutaient. Cet outil de communication deviendrait dépassé. Même s'il lui restait encore des années de lecture à se souiller les mains, la disparition du quotidien surviendrait beaucoup trop vite à son goût.

La sonnerie du téléphone fixe retentit.

— Inspecteur Duquette ? s'informa à l'autre bout de la ligne une voix familière.

Il pressentit que sa matinée de détente venait de partir en fumée. Vu son métier de policier, le seul moyen d'être tranquille et de profiter d'une journée de congé consistait à quitter la Cité et à se rendre assez loin pour ne pas pouvoir revenir rapidement en voiture.

— Oui, c'est moi…

Avec un peu de chance, il serait rentré pour dîner avec sa femme.

Une carcasse calcinée. Une horrible odeur de fumée et de chair brûlée. Des va-et-vient constants à l'intérieur du périmètre de sécurité délimité par un large cercle de bitume noirci où ne subsistait plus aucune trace de neige. Des voitures de police en renfort. Des gyrophares balayant le matin gris. Des flashes qui crépitaient pour immortaliser la triste scène. En arrière-plan, les ruines du vieux pont de l'Est se profilaient de manière encore plus lugubre.

— Qui est-ce ?

— Kristofer Gunnarsen, annonça un des agents. Un immigrant scandinave installé ici depuis quatre ans environ. Pas de fichier. Dix-sept ans. Un élève doué et exemplaire à ce qu'il paraît. Décès approximatif vers minuit.

L'inspecteur Duquette s'accroupit devant le cadavre du jeune homme. La force de l'explosion avait été mineure ; elle l'avait tué sur le coup, certes, mais sans le démembrer pour autant. Le garçon pendait par la portière ouverte, le haut du corps gisant sur le sol, les jambes toujours dans l'habitacle. Tout au long de sa carrière, le policier avait aperçu bien des dépouilles mortelles. Celle-là n'était pas belle à voir, d'autant plus qu'il s'agissait d'un adolescent. Sarto Duquette se releva, peiné par ce dernier fait. Il laissa la place aux techniciens de la morgue qui s'apprêtaient à extirper le corps de Kristofer.

Derrière eux, un homme à lunettes métalliques, arborant des cheveux bouclés qui pointaient dans tous les sens, leur donnait des ordres en gesticulant. L'inspecteur devina qu'il s'agissait du chef par intérim de l'institut médico-légal de la Cité.

— C'est vous qui avez pris la décision de me prévenir ? s'enquit-il, une fois auprès de lui. Je ne vois pas pourquoi on m'a dérangé. Je travaille à la Criminelle. Ce n'est pas de mon ressort, les histoires de vieille voiture qui…

Le regard du médecin légiste papillonnait sans jamais se poser plus de deux secondes au même endroit.

— Bonjour, inspecteur. Docteur Steve Pratte. Oui, je sais. Criminelle. Au courant. Mais bon. Écoutez. Pas un accident. Non, non, non…

D'un tempérament nerveux, Pratte était incapable de construire des phrases normales et d'aligner plus de cinq mots de suite. Comme si chaque parole représentait la synthèse hyper-concentrée de ses pensées. Sarto Duquette se demanda si cet énergumène n'avait pas abusé de quelque substance psychotrope.

— Regardez ça, reprit Pratte sur le ton de la confidence. Sous le châssis...

L'enquêteur se pencha. Il vit, au bout du doigt du médecin légiste, une sorte de boîtier métallique éventré, toujours fixé à la carcasse de la voiture.

— Un détonateur? Vous voulez dire qu'on l'aurait piégée?

— Oui, oui, oui! En plein ça!

— Vous avez communiqué avec notre expert en explosifs?

— Devrait plus tarder.

Pratte scruta les environs, au-delà des cordons de sécurité, à la recherche du fameux expert. Il se frottait les mains, retenant mal le sourire qui flottait sur son visage. La nouvelle enquête l'excitait, ce qui choqua l'inspecteur.

— Et pourquoi s'y serait-on pris de cette façon pour éliminer un jeune élève brillant?

— C'est vous l'inspecteur, remarqua le médecin légiste. Inspectez.

D'un pas fébrile, le médecin revint vers la victime, à présent dégagée du Dodge Dart, qu'on enveloppait dans une housse de plastique gris. On la hissa ensuite dans le fourgon de la morgue. Le gros véhicule démarra et le docteur Pratte s'empressa de le suivre avec sa voiture personnelle.

Sarto Duquette secoua la tête. Il aurait préféré ne pas entendre ce qu'on venait de lui dire. Oui, il aurait aimé rentrer chez lui. Or, les crimes ne se confinaient pas au traditionnel neuf à cinq de la semaine. Il rejoignit l'agent de police qui lui avait fourni l'identité de la victime.

— Et par hasard, est-ce qu'on aurait un témoin de la scène ?

La jeune fille émergea d'un sommeil dénué de rêve. Elle frissonna sous les draps, s'étira et gémit de douleur. Chaque partie de son corps lui faisait mal. À travers les vapeurs des médicaments qui se dissipaient, elle perçut un bip régulier et agaçant. Elle ouvrit un œil. Son estomac se noua.

Des objets au contour mal défini dansaient autour d'elle. Au fil des secondes, ils devinrent moins flous et une chambre d'hôpital surgit. Elle gisait sur un lit, un bandage enserrant son bras droit, et une canule plantée au niveau du coude, dans le gauche. Puis, l'adolescente reconnut sa mère. Cette dernière se pencha sur elle, le visage décomposé.

— Sophia ! Mon Dieu !

Les mots résonnaient, sans toutefois avoir de sens. Elle se sentait si fatiguée, si démolie. Deux hommes apparurent derrière Julie Brunelle.

— Vous croyez que je peux lui poser des questions ? s'informa Sarto Duquette.

— Elle revient à peine à elle ! lui reprocha la mère.

— Il faudra être patient, inspecteur, conseilla le médecin. Demain, les choses iront beaucoup mieux…

Sophia secouait la tête, en proie à une puissante céphalée. Elle se redressa soudain dans le lit. Les deux mains agrippées aux draps, elle se mit à crier :

— Kris !

Les fibres de son corps se ramollirent d'un coup et elle sombra de nouveau dans l'inconscience.

Elle voyait à peine les murs et les portes du long couloir. Une sorte de bourdonnement lui emplissait la tête. Elle marchait d'un pas d'automate et tanguait sous l'effet encore actif des somnifères ingurgités la veille au soir. Quelqu'un la soutenait, l'aidait à se déplacer dans cet espace anonyme et inconnu. Qui ? Elle n'en avait pas la moindre idée. Si on le lui avait dit, elle l'avait aussitôt oublié.

Un homme la salua et l'invita à entrer dans une salle. La discussion de deux autres personnes, déjà dans la pièce, cessa immédiatement. Sarto Duquette et Steve Pratte se tournèrent vers elle. L'inspecteur prit les devants afin de ne pas soumettre la femme aux élucubrations un peu folles du médecin légiste.

— Bonjour, madame Gunnarsen.

La mère de Kristofer répondit à la salutation, sa voix se perdant dans son propre souffle. L'enquêteur tendit la main vers elle; elle l'ignora. Elle préféra se diriger vers une table au centre de la salle. Un drap blanc recouvrait une masse allongée. Un corps. Mort. Celui de son fils bien-aimé!

Elle ouvrit grand les yeux, comme pour s'extirper de l'emprise des cachets contre l'insomnie, puis elle vacilla. L'inspecteur la retint de justesse. Elle se retrouva dans ses bras, toute molle.

Le coroner intérimaire claqua des doigts. Il fit signe au policier posté dans le couloir, près de la porte.

— Le fils. L'autre. Là-bas. Salle d'attente. Allez me le chercher.

— Pour quoi faire? s'informa Duquette.

— Pour l'identification.

— Êtes-vous tombé sur la tête, Pratte? s'indigna l'enquêteur. Ce n'est pas à un enfant de…

— Alors, réveillez-la, l'interrompit le médecin légiste.

Sarto Duquette grimaça, ce qui le rendit encore plus laid. L'homme ne payait pas de mine. Il ressemblait trop aux malfaiteurs qu'il arrêtait depuis presque trente ans. Il concevait que l'énergumène en blouse blanche soit pressé, qu'il ait une autopsie à pratiquer, une tonne de papiers à remplir et peu de temps à perdre avec une identification de routine qui ne prenait en principe que quelques secondes. Duquette aurait simplement espéré davantage de doigté. Par chance, la mère de la victime semblait n'avoir rien entendu.

— Eh bien, vous vous contenterez de l'identification dentaire! glapit l'inspecteur.

Tandis que Pratte trépignait devant le corps caché par un linceul, l'officier installa Ingrid Gunnarsen sur une chaise. Elle reprit peu à peu ses esprits. La raison de sa présence en ces lieux morbides lui revint. Une larme glissa sur sa joue. Elle se leva sans aide et marcha de nouveau vers son fils. Pratte souleva le drap. La femme promena son regard sur les cheveux roussis du garçon, sur ses vêtements, puis sur un pendentif qui ornait son cou. Le premier cadeau qu'elle lui avait offert à leur arrivée dans la Cité. Elle opina trois petits coups de la tête et étouffa un sanglot.

Ingrid Gunnarsen se détourna et Sarto Duquette la raccompagna. Le médecin légiste ne se fit pas prier pour reprendre son travail.

— Votre fils avait-il des… ennemis? demanda l'inspecteur à la mère, tandis qu'ils remontaient ensemble le couloir de l'institut médico-légal.

— Je ne crois pas, répondit-elle d'une voix défaite.

— Avez-vous déjà eu vent d'altercations avec des jeunes de l'école, par exemple, ou avec d'autres personnes du voisinage, peut-être?

— Il était... Il ne disait pas grand-chose, vous savez. Il a toujours été ainsi. Son attitude s'est détériorée à la suite de mon remariage. C'était un bon fils. J'ai les meilleurs garçons de la terre...

« Les parents idéalisent toujours leurs enfants », songea l'homme. En effet, ils se plaisaient à croire que leur progéniture était blanche comme neige, qu'elle respectait leurs règles et les lois, qu'on pouvait la citer en exemple. Leur découvrir une vie bien à eux, en dehors de la leur, et prendre de surcroît conscience que celle-ci ne correspondait pas à leurs idéaux, cela faisait inévitablement mal.

Ingrid Gunnarsen marqua une pause, regardant droit devant elle. Sa vue se brouilla. Franchir les portes, là-bas. Abandonner Kristofer. Le laisser seul. Pour toujours... Sa respiration s'accéléra, devint bruyante et saccadée. Elle frémit, se mit à gémir. Elle avait chaud, elle avait froid. Victime d'hyperventilation, son esprit perdit la notion de l'espace et du temps. Son corps vacilla avant de glisser le long du mur.

— Apportez un sac de papier, demanda Duquette à deux agents de sécurité.

Quelques minutes plus tard, alors qu'on transportait Ingrid Gunnarsen vers une voiture de police, l'inspecteur se présenta à Viktor Gunnarsen, âgé de onze ans. Il lui posa les mêmes questions qu'à sa mère.

— Mon frère passait tout son temps dans son labo ou il sortait avec Sophia Brunelle, lui apprit le garçon.

●

Sa tête tournait. Sophia tendit le bras vers un verre d'eau posé sur la table de chevet. Par ce simple mouvement d'extension, ses membres endoloris se rappelèrent à elle. Elle grimaça en se laissant retomber sur le matelas.

Sa joue chercha le réconfort de l'oreiller. Ses yeux s'embrumèrent. Une larme s'échappa entre ses cils. Elle sanglota.

Kristofer, dans sa vieille voiture. Kristofer, sur le point de lui révéler des informations. Sûrement très importantes pour choisir de ne pas les exprimer au grand jour, pour décider de les lui confier à son endroit préféré. Mais lesquelles ? Jusqu'à la fin, jusqu'à sa mort, il aurait entretenu le mystère qui l'entourait.

L'adolescente releva la tête et tressaillit en voyant sa mère. Julie Brunelle hésitait entre la tristesse, le soulagement, l'inquiétude et la colère. Ce dernier sentiment prit néanmoins le dessus.

— Veux-tu bien me dire ce que tu faisais dehors si tard ? Depuis quand as-tu l'habitude de sortir sans permission ? Depuis que tu es avec lui ?

Encore des reproches. Sophia ne les comptait plus, ni les situations qui provoquaient leur émergence.

— Te rends-tu compte que tu aurais pu mourir, toi aussi? Que tu aurais pu être grièvement blessée ou défigurée? Ou rester des mois dans le coma?

Sophia se crispa. Elle regretta presque de ne pas avoir eu le temps de monter à bord du Dodge Dart de Kristofer; elle connaîtrait enfin la paix!

— Regarde-moi quand je te parle!

La jeune fille obéit à contrecœur, l'air buté et les poings serrés sous les draps. Cela importait-il à sa mère que Kristofer et elle se soient aimés? Elle en doutait. La femme se servait de cette pluie d'accusations comme d'une soupape afin de déverser un peu plus sa haine. Pourtant, sa fille n'était coupable que de si peu.

— J'en ai assez, Sophia! martela Julie Brunelle, les yeux exorbités. Assez de tes comportements immatures et de tes décisions impulsives!

La surprise marqua les traits de la jeune fille. Elle trouvait que sa mère y allait un peu fort.

— Parce que tu crois que je n'ai pas compris ce qui s'était passé l'autre jour avec le grille-pain? Tu aurais pu faire flamber la maison en plein hiver! Non, mais franchement!

L'adolescente se rembrunit.

— Mûris donc! lui intima sa mère. Quand est-ce que tu vas commencer à penser aux conséquences de tes gestes, hein? Tu es bien comme ton père!

— Et toi, quand est-ce que tu vas me lâcher?

Elle avait failli perdre la vie dans l'explosion. Son petit ami, lui, n'avait pas survécu. Une marque d'affection, de compréhension… était-ce trop demandé? Pour toute réponse, sa mère fit volte-face et sortit de la chambre.

— J'en ai assez de ton mépris! cria la jeune fille dans son dos. J'en ai marre de ton manque de confiance! Quand est-ce que tu vas arrêter de porter des jugements sur moi et sur ceux que je fréquente?

Les mots tombèrent dans le vide. La porte de la chambre s'était refermée sur le bruit des talons de Julie Brunelle qui décroissait, régulier et rapide, dans le corridor de l'hôpital.

— Je n'ai pas besoin de ça en ce moment, murmura l'adolescente, éperdue, contre l'oreiller.

Un peu après une heure, cette nuit-là, Philippe lui avait confié l'impensable. Catherine ne l'avait jamais vu dans un tel état de panique : visage hagard, corps tremblant et gauche, respiration courte, désarroi profond. En dépit de l'horreur, la jeune fille ne réagissait pas devant l'annonce de la mort de Kristofer Gunnarsen. Au contraire, une partie d'elle se sentait soulagée. Alors, son jumeau avait cru bon de préciser un fait.

— Sa voiture a explosé, Cath! Ex-plo-sé, tu entends? Est-ce que tu as la moindre idée de ce que ça implique?

Il était reparti de leur appartement moins de deux minutes plus tard. Depuis, les trois phrases tournaient en boucle dans la tête de Catherine. Il s'agissait bel et bien d'une tragédie. Pas pour ce crétin de Gunnarsen, non! De toute façon, pour lui, il était trop tard. L'agitation la gagna.

— Où est ton frère? Il n'est pas encore rentré?

Catherine Mandeville considéra son père. Elle ne sut quoi répliquer, les mots restant bloqués dans sa gorge.

— Il te dit toujours tout à toi, ajouta sa mère, elle aussi sur le seuil de la chambre.

La sœur de Philippe haussa les épaules. Son air effaré ne passa pas inaperçu. Les parents des jumeaux sautèrent aux conclusions: si Catherine ne savait pas, c'était que quelque chose n'allait pas. Point à la ligne.

— Quand as-tu vu Philippe pour la dernière fois?

— Je... n'ai pas prêté attention, mentit-elle.

Le chef de la famille Mandeville se rendit au salon. Il s'empara du téléphone et composa le numéro de son fils. Aussitôt, ils entendirent une sonnerie en provenance de la chambre des jumeaux. Philippe n'avait pas pris son téléphone avec lui.

— Bon, commenta l'homme avec un début d'agacement dans la voix. Il doit être chez un ami. Allez, Cath. Tu vas nous trouver lequel et tu vas dire à ton frère de rentrer dare-dare.

L'adolescente était au courant de chaque amitié, de chaque flirt de son frère. Elle savait comment les joindre chez eux ainsi que sur leur cellulaire. Elle était hélas bien placée pour savoir que les appeler ne donnerait rien. Elle se plia néanmoins à la mascarade.

À chaque conversation qu'elle terminait par un « ouais-bon-merci-quand-même-à-plus ! », elle sentait l'angoisse de sa mère monter d'un cran. Au bout d'une heure, devant l'échec des démarches de sa fille, le père se leva du divan d'un bond.

— On n'a plus le choix.

Il saisit de nouveau le téléphone et joignit le service d'urgence de la Cité. Sa femme se mit à pleurer. Catherine, elle, s'isola dans sa chambre.

Le poing sur la bouche, elle repensa aux événements des dernières heures. La fugue de son jumeau la préoccupait au plus haut point. Où était-il ? En compagnie de qui ? Courait-il un véritable danger ? Y avait-il vraiment une probabilité pour qu'on l'inculpe de l'explosion ? Et s'il ne s'agissait que d'un simple accident ? Puis, l'esprit de la jeune fille s'embrasa. Une déflagration... Un essai sur les explosifs... Une rencontre pour le moins inusitée, quelques jours plus tôt, d'un bel inconnu... Se pourrait-il que...

« Non, décréta-t-elle. C'est impossible. »

4

LES DONNÉES ÉCRASÉES

Dimanche 21 janvier...

Bien qu'elle se sente encore un peu nauséeuse, Sophia espérait sortir bientôt de l'hôpital. Elle éprouvait le besoin de se retrouver chez elle, dans ses affaires. Le médecin lui avait dit qu'elle devait rester encore douze heures en observation.

Clouée au lit, elle se morfondait. Elle revoyait son petit ami derrière la vitre du Dart, puis se faire balayer l'instant d'après par l'explosion. Les boîtes de mouchoirs en papier se succédaient à côté d'elle. Les infirmières, plus compatissantes que sa propre mère, interrompaient souvent leurs tâches afin de s'assurer que tout allait bien. Elles repartaient, conscientes qu'une brûlure à vif striait l'âme de la jeune patiente.

— Bonjour, entendit-elle.

Sophia émergea de ses réflexions.

— Vas-tu un peu mieux? s'enquit le visiteur.

Elle acquiesça, sur la défensive. La laideur du policier en civil contrastait avec sa voix, douce et empathique.

— Je suis l'inspecteur Sarto Duquette, du service de police de la Cité. J'aimerais te parler quelques minutes.

Sans attendre son consentement, il approcha une chaise sur laquelle il s'assit.

— Il n'est pas cassé, je crois, dit-il en désignant le bras en écharpe de la jeune fille.

— Non, mais ça fait mal quand même, répondit-elle.

L'enquêteur approuva d'un mouvement de la tête. Il sauta ensuite dans le vif du sujet.

— Ça faisait longtemps que vous sortiez ensemble, Kristofer et toi?

— Presque cinq mois.

— Comment c'était, vous deux?

— Super, même si on ne se voyait pas souvent.

— Vous fréquentiez pourtant la même école, non?

Un torrent de larmes afflua et se déversa sur le visage de l'adolescente. Sa voix s'étrangla dans de gros sanglots.

— J'ai pas mal de retard à l'école, alors je dois faire du rattrapage. Lui, il passait presque tout son temps dans son labo. Il travaillait sur un projet spécial.

— Ah oui? De quoi s'agissait-il?

— Il ne me l'a jamais dit.

Sarto Duquette discerna dans la dernière phrase de la déposition des relents d'amertume. Il se racla la gorge. Il était temps de crever l'abcès. Il posa la question qui le taraudait depuis son arrivée:

— Kristofer avait-il beaucoup d'amis autour de lui?

— Non. Pas du tout en fait. Que moi.

— Et des ennemis? Ou des rivaux?

— Non plus, riposta-t-elle comme s'il s'agissait d'une supposition ridicule. Il était gentil avec tout le monde. Tout le monde l'aimait bien.

— Tout le monde l'aimait bien, répéta l'inspecteur, mais pas au point d'être son ami.

Sophia ne sut que répondre.

— Qu'est-ce que tu faisais au vieux pont de l'Est quand l'explosion est survenue?

— Kris m'y avait donné rendez-vous. Une minute de plus et j'aurais été à bord avec lui...

L'enquêteur émit un «hum» rempli de compassion.

— Tu n'as rien remarqué de suspect, quelques instants avant l'accident?

Sophia secoua la tête avant de froncer les sourcils. Quelque chose lui revenait en mémoire.

— Il y avait quelqu'un d'autre. Avec Kris.

L'inspecteur avança le torse vers elle, attentif à l'information qui allait surgir.

— Tu as vu qui c'était?

— Non, je me tenais trop loin à ce moment-là. Ils avaient l'air de se disputer.

«Tiens donc!» se dit Duquette. L'image de garçon parfait de Kristofer Gunnarsen était-elle en train de s'effriter?

— Ç'a duré longtemps?

— Je ne sais pas.

— Et comment ça s'est terminé?

— L'autre gars est parti de son côté.

— Tu es certaine qu'il s'agissait d'un garçon?

Sophia n'eut pas besoin de réfléchir.

— Il avait la même carrure que Kris. Et il portait un anorak d'homme.

— De son âge? De votre école?

— Je n'en ai aucune idée. J'étais trop loin, je vous dis.

L'adolescente montra des signes de fatigue. Elle se toucha la tempe, le regard fuyant. L'inspecteur devait se dépêcher de conclure son interrogatoire.

— Et toi, Sophia, aurais-tu des ennemis par hasard?

Duquette se disait que même si le détonateur avait été placé sous la voiture de Kristofer Gunnarsen, l'attentat la visait peut-être. La piste, bien que douteuse, méritait qu'il l'explore.

Sophia sourcilla. Dans son esprit embrumé, une silhouette se matérialisa et prit les traits de sa mère, Julie Brunelle. Elle n'en parla toutefois pas au policier.

— Pourquoi toutes ces questions au sujet d'ennemis? J'ai du mal à vous suivre…

L'enquêteur devinait que l'explication qu'il fournirait exacerberait la peine et la douleur de la jeune fille.

— La voiture de Kristofer a été piégée. Il a été victime d'un attentat.

Un crime? Contre Kristofer? Sophia s'apprêtait à se moquer du policier, à prétendre qu'il inventait n'importe quoi pour justifier son salaire et sa présence·auprès d'elle. Son air grave la rappela cependant à l'ordre.

Le souvenir de la boule de feu, de ses flammes déferlantes jaunes et oranges, ainsi que de son souffle torride en dépit du froid de janvier la submergea de nouveau pour la foudroyer de stupeur.

Les Gunnarsen mère et fils se tenaient là, assis sur le divan, la tête baissée, les mains sur les genoux, serrés l'un contre l'autre, absorbés par une tristesse silencieuse, presque détachée. La même silhouette longiligne, la même blondeur, le même regard bleu acier. Une beauté identique.

Sarto Duquette dévisagea la femme à son aise, profitant du fait que le fils ne lui portait aucune attention. Des traits délicats, un peu anguleux. Des soucis qui ne dataient pas de la veille, semblait-il, sûrement à l'origine des fines ridules de son front.

L'inspecteur se racla la gorge. Il s'informa encore des habitudes de Kristofer: ses amitiés, ses amours, ses loisirs. Lui arrivait-il de consommer de la drogue? Car on ne piège pas une voiture pour rien.

— Autrefois, le père de mes fils était une vedette montante du rock, en Norvège, lui apprit Ingrid Gunnarsen. Il n'a pas su gérer sa popularité. Il est mort d'une surdose d'héroïne. Avant d'en arriver là, il a connu une véritable descente aux enfers, dans laquelle il nous a entraînés. Viktor n'avait qu'un an, à l'époque. Il ne se souvient plus de lui.

Le garçon approuva d'un vague mouvement de la tête.

— Kristofer, lui, en avait sept. Il se rappelait très bien la déchéance de son père. Il ne voulait surtout pas finir ses jours comme lui. Alors non, inspecteur, il ne touchait ni à la drogue ni à l'alcool. Il tenait à garder l'esprit clair en tout temps. Il avait des projets. Il est... était... très doué.

La femme buta sur le temps du verbe de sa dernière phrase. Viktor l'encercla de ses bras. Leurs têtes se touchèrent, et leurs chevelures se fondirent en une seule. Sarto Duquette connaissait leur peine. Moins pour l'avoir vécue que pour l'avoir si souvent côtoyée lors de ses enquêtes.

— Quel genre de projets, madame Gunnarsen ?

— Il tenait à garder le secret, intervint Viktor à la place de sa mère.

Au cours de ses longues années de service à la Criminelle, l'inspecteur avait fini par établir un certain nombre de principes logiques qui ne se démentaient pratiquement jamais, dont le suivant: les secrets servaient à cacher quelque chose de pas très net ou, au contraire, à protéger un trésor afin de ne pas attiser la convoitise.

À laquelle de ces deux propositions les projets de Kristofer Gunnarsen correspondaient-ils? Duquette mettait un point d'honneur à soupeser chacun des éléments au cœur de ses enquêtes. Or, la découverte de la vérité écorchait toujours ceux qui survivaient au drame et qui devaient composer avec la stupeur, l'incompréhension et la colère. C'était un corollaire évident.

— Me permettez-vous de visiter son laboratoire, madame?

— Bien sûr.

Ingrid Gunnarsen dégagea sa main de celle de son fils. Celui-ci dirigea aussitôt le policier vers le sous-sol.

L'endroit s'accordait en tout point avec l'idée que ce dernier se faisait d'un laboratoire. Tubes à essai, béchers, erlenmeyers; microscope et lamelles; bocaux de diverses grandeurs contenant des substances suspectes; grand tableau couvert d'équations ou de théories à prouver; bibliothèque pleine de livres de référence. Sans compter un vieux secrétaire de maître d'école, un fauteuil à bascule, une lampe d'appoint et un ordinateur.

Duquette arpenta la pièce d'un pas lent, en silence, les mains dans le dos. Il balayait tout de son œil de lynx.

— Tu venais souvent, toi, dans son labo?

— Non, avoua Viktor. Kris ne voulait pas.

— Même pas par curiosité?

— Non, monsieur.

L'inspecteur avisa d'un air circonspect l'ordinateur qui trônait sur le secrétaire de chêne verni. Il redoutait les appareils comportant une mémoire artificielle. Si, par malheur, il y touchait, tout se déréglait. Il ne possédait pas d'ordinateur ni de téléphone cellulaire. La modernité ne l'aimait pas. Ses collègues de la Criminelle le savaient depuis longtemps. Il espéra que la technologie ne soit pas au cœur de cette nouvelle enquête.

Un subtil courant d'air froid lui chatouilla l'oreille. Il pivota, tira un crayon de plomb de la poche de sa veste et s'en servit pour dégager le rideau. Une fenêtre, mal refermée.

En un rien de temps, l'homme se retrouva dehors, dans le jardin, penché au-dessus du rebord de ladite fenêtre. L'espace était complètement dégagé, alors qu'à quelques pas de distance, les autres fenêtres s'encombraient de neige. En y regardant de plus près, il remarqua une brèche dans le cadre. On l'avait forcé.

L'enquêteur se rendit dans la rue et prit place sur la banquette arrière d'une voiture garée devant la résidence des Gunnarsen.

— Contactez le bureau, demanda-t-il au conducteur, un policier affecté à ses déplacements. Je veux faire relever des empreintes.

— Tu imagines ? Personne n'a pensé à me présenter ses condoléances. Comme si je n'étais rien. Comme si la peine d'une petite copine, ça ne comptait pas !

Michelle Bernard n'était pas habituée à la mort ou à la maladie. Elle ignorait l'attitude à adopter ainsi que les mots à prononcer en pareille circonstance.

— Je… m'excuse, So, bafouilla-t-elle d'une voix penaude.

Elle se leva pour étreindre sa meilleure amie, puis s'installa à ses côtés sur le lit d'hôpital.

— Le pire, souffla Sophia en hoquetant, c'est que la voiture a été piégée. On l'a assassiné, Mimi. Tu te rends compte ?

Michelle lui prit les mains et les serra fort dans les siennes. Le destin se déployait trop vite, les happait d'un coup brusque et violent. À leur âge, ni l'une ni l'autre n'était préparée à traverser ce genre d'épreuves.

— Et il y a le policier qui me pose des questions sur les personnes que Kris fréquentait, sur d'éventuelles querelles… Il voulait même savoir si on avait des ennemis !

— Eh bien, des disputes, il en a eu quelques-unes, avança Michelle.

— Non, pas que je sache.

— Tu es devenue amnésique ou quoi ? Philippe Mandeville, qu'est-ce que tu en fais ?

Sophia fouilla dans sa mémoire. Au début, le nom n'évoqua rien de concret. À force de se le répéter, une image finit par se préciser dans sa tête. Celle d'un camarade de classe de son petit ami. Les éléments se replaçaient un à un. Oui, des altercations, Kristofer et lui en avaient eu à l'école. Cela faisait-il de Mandeville un ennemi ?

— Ce n'est pas lui qui a rédigé ce travail sur les explosifs ?

Force était de constater que des lambeaux du tissu cérébral de Sophia avaient, eux aussi, été brûlés dans l'explosion. Par contre, en les stimulant, ils renaissaient vite de leurs cendres. Sûrement un traumatisme secondaire de l'accident. Heureusement, la jeune fille pouvait compter sur son amie Michelle.

De nouveau, la vérité cachée en elle émergea. Elle se rappelait désormais très bien le récent succès de Mandeville dans le cours de sciences et technologies. Son compte rendu sur les explosifs devenait soudain beaucoup plus suspect. Jumelé à des querelles publiques, cela pouvait-il constituer ce qu'on appelait, dans le jargon policier, une circonstance aggravante ?

Pour que tout se tienne, il fallait un mobile. Pourquoi Philippe Mandeville aurait-il commis un meurtre ? La réponse résidait sans doute dans la nature de leurs fréquentes disputes…

La jeune fille étira le bras pour attraper la carte professionnelle que l'inspecteur de police lui avait remise, un peu plus tôt dans la journée. Elle la fixa avant de secouer la tête. Non, se persuada-t-elle. Ce n'était qu'un hasard. Un triste hasard. Rien de plus. Mais était-ce à elle de juger de la pertinence de l'information ?

— Ça va, So ?

— Tu me passes ton téléphone ?

Michelle le sortit de son sac et le lui tendit. De son bras valide, Sophia composa le numéro du service de police de la Cité. Une voix féminine lui répondit.

— Bonjour, vous avez joint le bureau de l'inspecteur Sarto Duquette, aux enquêtes criminelles. Que puis-je faire pour vous ?

— Bonjour, je m'appelle Sophia Brunelle. C'est au sujet de... de la mort de Kristofer Gunnarsen. L'inspecteur est passé me voir, ce matin, à l'hôpital. J'ai oublié de lui indiquer certaines choses...

Des altercations publiques entre la victime et Philippe Mandeville ; un travail sur des explosifs signés par ce dernier. Mieux encore : les parents du suspect qui avaient signalé la veille sa disparition. Les choses commençaient à se corser, jugea l'enquêteur.

Sarto Duquette savait toutefois que les faits de la vie quotidienne ne se comptabilisaient pas de la même manière que des pommes ou des oranges. Avec la nature humaine, il fallait se méfier des hasards trop simples ou trop commodes et ne rien négliger, surtout pas la plus improbable des hypothèses ni la plus saugrenue. Alors, ne jamais se fier aux apparences ; une erreur inévitable finissait par ternir la surface des choses. Il y en avait toujours une. Souvent très petite, là, tapie quelque part. Il suffisait de la débusquer.

L'inspecteur gravit les cinq volées de marches au pas de course. Arrivé au palier du dernier étage, il se pencha au-dessus de la rampe de la cage de l'escalier. Il était à peine essoufflé. Quant au policier affecté à ses déplacements, il traînait la patte et pestait contre l'ascenseur inexistant.

L'édifice tombait en ruine : murs sales et défoncés, peinture craquelée, marches érodées, garde-fou défaillant et tronçons de rampe manquant par endroit. Le froid et l'humidité de l'hiver s'engouffraient dans les aires communes à cause de fenêtres cassées non remplacées. Les calorifères étaient éteints ; les socles d'ampoule, vides. Les lieux empestaient le reflux d'égouts. La Cité comptait de nombreux taudis de ce genre, surtout dans l'East End. Dire que des familles vivaient là, derrière des portes qui ne fermaient pas adéquatement ! « Au lieu d'approuver des projets de condominiums, l'administration publique devrait favoriser la construction de logements sociaux », pensa Sarto Duquette.

Le policier en civil le rejoignit enfin. Ensemble, ils remontèrent un corridor et se postèrent devant la porte identifiée du numéro 505. L'inspecteur sonna. Aucun gong ne retentit dans l'appartement. Il frappa donc trois coups. Un bruit de pas se fit entendre. Une voix cria à travers la porte :

— Qu'est-ce que vous voulez ?

Les deux policiers exhibèrent leur insigne devant le judas. Quelqu'un défit des loquets et ouvrit la porte qui ne possédait plus de poignée. Une adolescente aux traits tirés et habillée en molleton gris apparut sur le seuil.

— Qui êtes-vous ? les interrogea Catherine Mandeville d'un air méfiant. Ce ne sont pas les agents Chung et Duran qui sont chargés de notre dossier ?

— Votre dossier a été temporairement transféré de département, annonça Duquette.

— Pour quoi faire ? s'enquit-elle, suspicieuse.

— Nous enquêtons sur la mort de Kristofer Gunnarsen.

L'adolescente se crispa. Un élan de panique l'effleura.

— Quel rapport avec nous ? lança le père de Catherine en approchant.

Sarto Duquette se présenta, et monsieur Mandeville en fit autant. Ce dernier invita les deux policiers à passer au salon. Catherine referma la porte et les suivit avec mauvaise humeur.

— Madame Mandeville voudrait-elle se joindre à nous ? proposa l'assistant de Duquette.

— On est catholiques, expliqua le père des jumeaux. Ma femme est allée prier et faire brûler des lampions à l'église Sainte-Anne. On s'apprêtait à aller la retrouver là-bas... De quoi s'agit-il ?

— Un des camarades de classe de votre fils est mort dans l'explosion de sa voiture, dans la nuit de vendredi à samedi, rapporta Duquette.

— Oh..., laissa échapper le père, hébété. C'est l'accident près du vieux pont dont parlent les journaux ? Ils disaient seulement que la voiture avait été piégée et qu'un mineur était impliqué...

Les policiers confirmèrent d'un mouvement synchronisé de la tête.

— Philippe parlait souvent de Kristofer, se rappela le père.

— Pas tant que ça ! le contredit Catherine avec une véhémence qui dérouta les trois hommes. Et puis, je ne vois pas ce qu'on pourrait vous révéler de plus ! Ils avaient des cours en commun, à l'école, rien de plus. Ça ne faisait pas d'eux des amis.

— Justement, il paraît qu'ils se chamaillaient régulièrement, à l'école.

— Ça ne veut rien dire ! se braqua l'adolescente.

— On a aussi appris que Philippe avait pondu un brillant essai sur les explosifs, ajouta l'enquêteur.

Monsieur Mandeville ouvrit la bouche pour chercher son air. Les éléments exposés s'additionnèrent d'un coup dans son esprit pour ébaucher une somme terrifiante.

— Mon Dieu! Êtes-vous en train d'insinuer que…

— C'est n'importe quoi, cette histoire! s'opposa Catherine. Ça ne prouve rien!

Les deux policiers se considérèrent du coin de l'œil; le ton brusque de la sœur piquait leur curiosité.

— L'hypothèse étant sur la table, poursuivit Sarto Duquette, nous nous devons de l'analyser. Disons que la disparition simultanée de Philippe nous paraît suspecte.

L'assistant de l'inspecteur risqua une question à la jeune fille.

— Tu le connaissais, toi, Kristofer?

Elle lui décocha un regard méprisant.

— Pas trop, non. C'était un con.

L'absence totale de compassion intrigua Duquette. À trop vouloir protéger son frère jumeau, Catherine laissait présager la présence d'une anguille sous la roche. L'homme plongea sa main dans une poche et en retira une carte professionnelle qu'il tendit au père de famille.

— Si votre fils vous donne des nouvelles ou si vous avez la moindre idée de l'endroit où il se cache, appelez-nous. Croyez-moi, il faut éclaircir cette histoire au plus vite.

— Bien sûr, inspecteur. Comptez sur nous.

Les deux policiers quittèrent l'appartement des Mandeville et regagnèrent le rez-de-chaussée en un rien de temps. Le soir était déjà tombé.

La température dégringolait vite. La neige craquait sous leurs pas.

— Pas commode, la petite.

— Elle sait où il se cache.

— Vous croyez, inspecteur ?

— Ma main au feu.

Dans leur dos, une voix les héla. Les deux hommes pivotèrent tandis que Catherine Mandeville venait vers eux. Elle n'avait pas pris la peine de mettre de manteau. Elle paraissait insensible au froid. Elle s'arrêta à quelques mètres d'eux, les bras croisés, les jambes écartées, la tête inclinée, et le regard franchement hostile.

— Mon frère est gai. Kristofer aussi, sauf qu'il le niait.

Les policiers l'écoutèrent avec intérêt.

— Philippe lui avait fait des avances. Kris les avait repoussées, bien sûr. Aux yeux de tout le monde, il fréquentait la Brunelle. C'était une couverture pratique pour ne pas sortir du placard. Mais… je l'ai déjà vu avec un autre gars. Il n'y avait pas d'équivoque possible, si vous voyez ce que je veux dire.

Sans l'interrompre, Duquette prenait des notes mentales, les mains fourrées dans les poches de son manteau pour mieux garder sa chaleur.

— Il y a quelques jours, enchaîna la jeune fille, Kris est revenu sur sa décision et a accepté de sortir avec mon frère. En cachette… Comme Philippe se sentait prêt à avouer son homosexualité, ils se sont disputés. Il y a eu des menaces. Vendredi, Kris lui a donné rendez-vous au vieux pont. Je n'en sais pas plus.

L'enquêteur s'avança d'un pas.

— Pourquoi tu ne nous as rien dit, tout à l'heure?

— Ce n'est pas à moi de faire le *coming out* de mon frère.

Sarto Duquette soutint son regard. Le silence plana entre eux. Il attendait. Il savait qu'elle ajouterait quelque chose.

— Vous savez, Philippe avait beau bien se débrouiller en sciences, ce n'était rien à côté de Kris. Lui aussi, il aurait pu en fabriquer, des bombes.

— Qu'est-ce qui te fait croire qu'il se serait suicidé? s'informa Duquette, étonné par la supposition.

Elle haussa les épaules.

— Pour garder secrète son orientation sexuelle, par exemple. Pour faire du mal à mon frère. Je ne sais pas, moi.

L'hypothèse était tordue, voire nébuleuse. Quelle affaire de mœurs, juvéniles ou adultes, ne l'était pas? L'inspecteur la remercia et se dépêcha de s'engouffrer dans la voiture.

Assis dans son bureau à la Criminelle, Duquette jouait avec une balle antistress d'un air songeur. Devant lui était déposé le rapport du prélèvement d'empreintes effectué au domicile des Gunnarsen. Résultat : rien d'anormal. Cela le chiffonnait beaucoup. L'analyse de l'expert en explosifs n'était guère plus révélatrice. N'importe qui pouvait se procurer en quincaillerie les ingrédients nécessaires pour fabriquer une bombe artisanale comme celle utilisée au vieux pont de l'Est. Par ailleurs, les recettes, assez simples, quoique fort dangereuses pour un non-initié, foisonnaient sur Internet.

Vers 21 heures, un technicien en informatique frappa à sa porte.

— C'est ouvert !

— Bonsoir. Je vous apporte le rapport concernant le téléphone cellulaire et l'ordinateur dans l'affaire Gunnarsen.

Le responsable de l'enquête l'invita à entrer. L'analyste déposa le document devant son supérieur, et entreprit de le résumer.

— La mémoire du téléphone du jeune a fondu dans l'explosion et est inutilisable. Pour ce qui est de l'ordinateur trouvé dans son laboratoire, les données ont été écrasées.

— Pardon ? émit Duquette en écarquillant les yeux.

— En gros, tout ce qu'on fait avec un ordinateur est enregistré sur son disque dur. Quand on supprime un fichier, on le place dans la corbeille. Et quand on veut s'en débarrasser pour de bon, on vide la corbeille. Mais, même en éliminant le contenu de la corbeille, il reste des traces des fichiers qu'on peut éventuellement récupérer. Vous me suivez?

L'enquêteur opina en silence, désireux de connaître la suite.

— Grâce au cache, qui comme son nom l'indique n'est pas visible, ça devient facile de connaître en détail les habitudes de voyeurisme ou d'achat de pornographie d'un pédophile, par exemple. Ici, par contre, la mémoire cache de l'ordinateur et les fichiers temporaires ont été nettoyés. Parce qu'il y a toujours des risques que des résidus de fichiers supprimés subsistent malgré tout. Pour éviter ça, on écrase les anciennes données avec des nouvelles. Et on ne le fait pas seulement une fois, mais à plusieurs reprises afin d'accroître l'efficacité de la procédure. C'est ce qu'on appelle des cycles d'écrasement ou des passages.

— Et ces nouvelles données, c'est quoi au juste? voulut savoir Duquette. Est-ce que ça peut nous être utile?

— Pas du tout, répondit le spécialiste en informatique. Il ne s'agit que de nombres générés aléatoirement par un algorithme.

«Un quoi?» se demanda le responsable de l'enquête, dépassé par les renseignements.

— Et l'écrasement de données, est-ce une opération longue ou difficile à réaliser?

— Non, pas tellement, certifia le technicien. Pas pour un jeune comme Gunnarsen, en tout cas. Avec un bon logiciel, n'importe qui peut y arriver. On utilise cette procédure de sécurité lors de la revente d'appareils usagés.

L'inspecteur ne savait trop quoi penser de tout cela.

— Donnez-moi votre avis là-dessus, le sollicita-t-il.

— De deux choses l'une, avança le technicien. Soit la victime a effectué l'écrasement de son plein gré, soit c'est l'œuvre de quelqu'un d'autre.

Son rapport ayant été remis et expliqué, le spécialiste en informatique se retira.

De mauvaise humeur, Duquette lança la balle antistress dans le coin de son bureau. «Maudite technologie!» grogna-t-il intérieurement.

5

LA LISTE DES CANDIDATS

Lundi 22 janvier...

Une cloche tinta. Les portes glissèrent de chaque côté. Jonathan Spin sortit de l'ascenseur et remonta le couloir du chic hôtel Fry. L'épais tapis absorbait le bruit de ses pas. Sous son bras, il tenait une enveloppe volumineuse. Il s'arrêta devant l'entrée de la suite et frappa. Un homme en complet noir, avec des lunettes miroir sur le nez, lui ouvrit. Sans un mot, il lui fit signe de le suivre. Spin s'exécuta.

L'antichambre de la suite était plongée dans la pénombre. Dans la cheminée, un feu diffusait une chaleur agréable. Sa lumière projetait des ombres amplifiées sur le haut des murs. Un peu en retrait de l'âtre, un homme était assis dans un fauteuil. Spin ne voyait que ses jambes croisées et sa main gauche sur l'accoudoir de velours. Une belle chevalière ornait son majeur. Les oreillettes du siège dissimulaient son profil.

— Je ne pensais pas que quelqu'un se serait déplacé, remarqua-t-il.

Seul le crépitement des flammes accueillit les propos de Spin. Il se rappela qu'on le payait pour obéir, pas pour commenter.

La main gauche de l'inconnu remua, s'éleva et se tendit vers le visiteur. Celui-ci présenta alors l'enveloppe que de longs doigts saisirent.

— Et l'ordinateur?

Une voix sourde, un peu gutturale, à l'accent européen. «D'où exactement? se demanda Spin. D'Allemagne?» Il haussa les épaules. Au fond, il s'en moquait.

— Tout avait déjà été effacé...

Le silence retomba. L'entretien était terminé. Spin le savait. Il n'était qu'un exécutant. Il pivota et sortit.

Tandis que la porte de la suite se refermait, l'homme assis dans le fauteuil prit connaissance du contenu de l'enveloppe: un dossier de candidature et un cahier de notes à la jaquette de cuir marron. Pendant le reste de la matinée, il lut le compte rendu minutieux des essais entrepris, des erreurs commises et des succès qu'avait connus Kristofer Gunnarsen dans l'élaboration et la mise au point d'un prototype nommé Ergon.

Ergon. Racine grecque signifiant «action, travail», suffixe ou préfixe de mots comme *énergie* ou *ergonomie.*

Un excellent nom pour un objet dont l'essence même consistait à défier les principes d'une économie qu'il considérait comme étant ceux d'une société parfaite, qu'il essayait chaque jour de contrôler un peu plus.

— On nettoie la vermine par le feu, murmura-t-il avec un sourire sardonique. Tu aurais dû t'y attendre, Kris…

L'homme à la chevalière se leva, puis se pencha près de la cheminée. Il jeta dans les flammes l'enveloppe, le dossier de candidature de même que le cahier de notes à la couverture de cuir.

Viktor mangeait seul, comme cela lui arrivait à chaque repas depuis deux jours. Sa mère fuyait la réalité grâce aux somnifères. Une fois ou deux, il l'avait entraperçue, tel un spectre dans son peignoir frileusement croisé sur sa poitrine, un masque de nuit remonté sur sa chevelure défaite. Elle déambulait en silence à la manière d'une somnambule. Elle suspendait parfois son pas, hésitait avant de repartir, le regard dans le vide créé par les narcotiques.

Ce matin-là, quand elle apparut dans la cuisine, le garçon crut qu'elle allait manger une bouchée en sa compagnie. La main de la femme glissa sur le comptoir pour se poser ensuite sur son cœur. Ingrid Gunnarsen fit demi-tour et retourna à l'étage. Son fils cadet lui emboîta le pas. Tandis qu'elle se remettait au lit, il lui tira la manche. Elle leva vers lui des yeux fatigués.

— Viktor, mon chéri. Tu n'es pas à l'école?
— *Mamma*?

— J'ai mal à la tête. Plus tard, veux-tu? Après l'école…

— *Mamma*… Kris est…

Une étrange lueur brilla dans son regard. Soudain, elle se souvint. Il n'y aurait pas d'école. Du moins pas avant quelques jours.

— Pardonne-moi, Vik…

Désorientée, elle se glissa sous la couette.

De son vivant, Kristofer ne lui avait jamais fait de reproches. Sa mère savait néanmoins qu'il avait rêvé qu'elle tire un trait sur son passé, qu'elle cesse de vivre en recluse. «Un jour, tu verras, j'y arriverai», lui avait-elle souvent promis. Son aîné ne le verrait jamais, ce jour où elle reprendrait sa vie en main, où elle recommencerait à travailler. Et cela la chavirait.

Elle se recroquevilla dans le lit et pleura en silence. Elle avait si mal qu'elle en oubliait l'existence de Viktor.

L'espresso fumait, dispersant son arôme dans la petite salle de repos du rez-de-chaussée du CNRST. Paul Szabo aimait bien y venir pour la pause du matin, où il s'appliquait à résoudre le sudoku du journal, jeu auquel il excellait. Le feuilletage du quotidien numéro un de la Cité s'interrompit toutefois dès la deuxième page, lorsque son regard captura un nom qui lui parut familier.

Il but une gorgée de café mi-noir, à l'amertume légère, et lut l'article portant sur l'explosion d'une voiture, survenue le vendredi précédent. Plus sa lecture progressait, plus un étrange malaise le pénétrait. Il déchira la page du journal, se leva d'un bond et quitta la salle, omettant de prendre avec lui son gobelet de café.

De retour dans son bureau, il s'installa devant son écran d'ordinateur, ouvrit le fichier du Grand Concours national des jeunes scientifiques et consulta la liste des candidats. Comme d'un premier coup d'œil il ne trouva rien, il activa la fonction *recherche* et tapa le nom de Gunnarsen dans l'étroite fenêtre. La requête se révéla infructueuse. Il repassa alors un à un tous les noms des participants. Aucun ne ressemblait de près ou de loin à ce patronyme.

— Je ne l'ai quand même pas rêvé, bon sang !

Certain qu'il s'agissait du même nom que celui de l'article de journal, il tenta un nouvel essai du côté des prototypes. Encore une fois, aucun ne correspondait à celui qu'il avait décrit à William Fraser, son supérieur au CNRST, une dizaine de jours plus tôt, dans un bar du centre-ville.

— Qu'est-ce que ça veut dire ?

Sa curiosité l'emporta. Il délaissa son bureau et dévala l'escalier menant au rez-de-chaussée. Arrivé au secrétariat, il découvrit une jeune femme qu'il n'avait jamais vue auparavant, en train de trier du courrier.

— Bonjour ! le salua-t-elle. Que puis-je faire pour vous ?

— Je cherche la secrétaire, madame Baghino.

— Je l'ai remplacée au pied levé. Départ à la retraite, à ce qu'il m'a semblé. Je m'appelle Melody.

Szabo s'étonna. Il n'avait rien su des projets de Giulia Baghino avant ce jour.

— Enchanté. Je suis le professeur Paul Szabo.

— Oh, le coordonnateur du concours. Ravie de faire votre connaissance.

Ils échangèrent une courte poignée de main.

— Monsieur Fraser est-il arrivé ?

— Oui, je vous annonce tout de suite.

Un instant plus tard, Paul Szabo paraissait devant le directeur général du CNRST. Il lui tendit la page du journal qu'il avait toujours à la main.

— Vous avez lu ça ? s'enquit Szabo, quelque peu alarmé.

Fraser opina d'un air triste.

— Est-ce la raison pour laquelle son nom ne figure déjà plus parmi les candidats ? s'informa le coordonnateur du concours.

— En fait, lui apprit son supérieur d'une voix égale, madame Baghino s'est aperçue le jour de la date butoir que le prototype du jeune homme avait été brisé. Elle a donc communiqué avec lui pour l'en informer. Il était bien sûr trop tard pour qu'il fournisse un second prototype. Son dossier a donc été détruit.

«Quelle drôle de boîte que le CNRST!» pensa Szabo. En ce qui concernait la communication, l'information ne circulait pas très bien. Sans compter qu'aucun bris n'avait été porté à sa connaissance…

— Pourquoi n'en ai-je rien su? questionna-t-il. Cette responsabilité m'incombait.

— C'était vendredi et vous étiez déjà parti pour la fin de semaine. J'ai pris la décision à votre place. Voilà tout.

Le nouveau coordonnateur du Grand Concours national des jeunes scientifiques finit par approuver d'un air renfrogné. Quand il revint dans son bureau, il se laissa choir dans son fauteuil qu'il fit pivoter vers la fenêtre. Il contempla les grands mélèzes habillés de neige. Compte tenu des appréhensions qu'il avait lui-même formulées plus tôt au cours du mois, il valait sans doute mieux qu'on n'entende jamais parler du projet révolutionnaire de Kristofer Gunnarsen.

— Pauvre jeune homme! Quand même, il avait un sacré talent…

Paul Szabo se remit au travail sans se douter un seul instant qu'il avait été celui par qui le drame était survenu.

— J'ai toujours su qu'il n'était pas un gar-çon pour elle! s'emporta Julie Brunelle. Des bonnes notes, un petit génie… Pfft! Ça ne veut rien dire. Regardez, ça ne l'a pas empêché de frayer avec les mauvaises personnes. Parce qu'on ne se fait pas exploser entre amis, vous savez. Non, mais vous imaginez un peu ce qui aurait pu arriver à So? Je n'arrête pas d'y penser!

Son beau-père l'écoutait en silence, d'un air concerné, hochant la tête de temps en temps. Quand les coups durs s'abattaient, il accourait toujours. Sa bru pouvait compter sur sa pré-sence rassurante, sur l'autorité paternelle qu'il incarnait. Il représentait l'unique lien qui la rattachait à la famille de son ex-conjoint.

— Ne te tracasse pas avec ça, Julie. Allez, va au travail. Je m'occupe de la petite.

— J'ai… j'ai l'impression que je suis en train de la perdre.

— Ça n'arrivera pas. Je te le promets.

La femme soutint le regard confiant de son beau-père. Par moments, Sophia ressemblait tant à son père! Plus la fille s'éloignait et se rebellait, plus la mère se cantonnait dans une attitude malsaine. Moins par mauvaise volonté que par crainte de voir le passé se répéter.

— Je n'aurai jamais assez d'une vie pour vous dire à quel point vous êtes important pour nous.

L'homme la gratifia d'un sourire bienveil-lant. Il l'aida à revêtir son manteau et la poussa gentiment dehors. Il monta ensuite l'escalier et entra à pas de loup dans la chambre de sa petite-fille.

De retour de l'hôpital et sans l'effet bénéfique des tranquillisants, Sophia n'avait presque pas dormi de la nuit. La mort de son petit ami l'anéantissait. La culpabilité la rongeait. Elle était toujours en vie. Mais pas lui, pas Kristofer!

Un meurtre, un attentat… Elle frissonnait d'effroi chaque fois que son esprit formulait ces mots violents et hostiles. Les policiers devaient se tromper. Oui, ils devaient procéder à de nouvelles analyses. Cela n'avait aucun sens. Cette terrible histoire allait justifier les sempiternels reproches de sa mère. L'adolescente la détesta encore plus.

Sophia n'était pas idiote. Elle ne se laissait pas facilement influencer par les paroles ou les gestes des autres. Ses difficultés d'apprentissage ou ses maladresses occasionnelles n'affectaient en rien son jugement. Elle savait dire non quand la situation l'exigeait. Sa mère continuait cependant de la traiter comme une enfant immature.

— Tu veux aller faire un tour au parc?

La jeune fille releva la tête.

— Oui, je crois que ça me ferait du bien…

Elle serra l'homme dans ses bras. Heureusement qu'elle l'avait, lui! Toujours doux, gentil et compréhensif. Une humeur égale en tout temps. Comment réussissait-il à offrir du bonheur à chacun? Il représentait tout ce qu'il lui restait de son père qui, lui, ne donnait jamais signe de vie.

— Tu devais être un magicien dans une autre vie.

— Ça se peut, oui, répondit-il en souriant.

L'exposé de madame de La Coulonnerie durait depuis une dizaine de minutes. L'enseignante s'interrompait souvent afin de chercher ses mots, ce qui ne lui arrivait jamais d'habitude. De leur côté, les élèves bâillaient ou soupiraient, gribouillaient un dessin quelconque ou déportaient leur attention vers la fenêtre, plus intéressés par le spectacle de la surfaceuse de la patinoire extérieure que par les propos de leur professeure. Tous songeaient à Kristofer Gunnarsen et à cette terrible explosion qui lui avait enlevé la vie, trois jours plus tôt.

La femme de sciences abandonna le bout de craie dans le bac, fixé en bas du tableau noir. Elle descendit de l'estrade où elle enseignait et s'approcha de la première rangée de pupitres.

— L'un de vous aimerait-il dire un mot à la mémoire de Kristofer?

Les élèves lui manifestèrent enfin de l'intérêt.

— On ne le connaissait pas beaucoup, argua un garçon. On savait juste qu'il était le meilleur de cinquième.

Agnès de La Coulonnerie approuva. Dans les couloirs de l'école, elle avait d'ailleurs souvent vu l'adolescent se promener seul. Il ne discutait avec les autres que lorsqu'il se sentait obligé de le faire.

— Moi, je n'aime pas les *nerds*, avoua un élève au dernier rang. Par contre, c'est vraiment triste, son histoire.

— Moi, je trouve ça bizarre, intervint une élève assise au centre du local. Philippe Mandeville... Il paraît qu'il a disparu.

— C'est quoi le rapport?

— Eh bien, ce n'est pas lui qui a fait un travail sur les...

La jeune fille n'eut pas le temps de terminer sa phrase que l'enseignante s'empressa de calmer le jeu.

— Ne sautons pas trop vite aux conclusions, je vous prie. Je vous interdis de porter des accusations, vraies ou fausses, dans cette salle de classe. Sachez que dès demain, l'école mettra en place un service d'aide psychologique pour celles et ceux qui éprouveraient le besoin de consulter à propos de cette tragique histoire. Laissons la police faire la lumière sur les circonstances entourant le décès de Kristofer. Vous voulez bien?

Les élèves y consentirent. La professeure reprit son exposé, avec un peu plus de dynamisme afin de garder la concentration des jeunes. Si elle obtint l'effet désiré, elle n'en abusa toutefois pas. Dans la seconde partie du cours, elle leur soumit un cas d'éthique. La discussion et les échanges éviteraient que chacun ne pense trop à Kristofer.

— D'après vous, est-ce l'ingénieur qui doit faire preuve de responsabilité sociale, environnementale ou autre, ou bien l'entreprise qui l'emploie? leur demanda-t-elle.

— Les deux, bien entendu, prétendit une élève au premier rang.

— Et de quelle manière? voulut encore savoir madame de La Coulonnerie. Après tout, l'ingénieur cherche à repousser les limites de ses compétences. C'est ce qui le stimule et le motive. Celui qui le rémunère cherche quant à lui à faire prospérer ses actifs et à rentabiliser son entreprise. Progrès technologique et économique sont-ils compatibles avec probité? La fin justifie-t-elle les moyens?

Dans la salle de classe, quelques expressions fusèrent comme «serment d'Archimède», «Loi sur les ingénieurs» et «code de déontologie». La professeure lorgna du côté de l'horloge. La fin de la journée allait bientôt sonner.

— Votre réponse sous forme d'essai à remettre au prochain cours, annonça-t-elle en vitesse. Environ cinq cents mots…

Elle regretta aussitôt sa demande, mais la cloche retentit. Compte tenu des événements, elle aurait dû leur donner un congé de devoirs. Pendant que la salle se vidait et qu'elle ramassait ses affaires, un inconnu se fraya un chemin à contre-courant vers elle.

— Je suis bien dans le local de sciences et technologies ? s'informa-t-il.

— Oui. À qui ai-je l'honneur ?

Sarto Duquette exhiba son insigne du service de police de la Cité et se présenta.

— Madame Agnès de La Coulonnerie, je suppose ?

— C'est exact. Que puis-je pour vous, inspecteur ?

Ce dernier se lança sans préambule.

— J'enquête sur la mort et la disparition de deux de vos élèves, Kristofer Gunnarsen et Philippe Mandeville.

— Des élèves exemplaires. Du moins dans ce cours.

— Que voulez-vous insinuer ?

— Que je ne peux témoigner que de ce que je connais, inspecteur. C'est-à-dire de ce que je vois ici, dans mon cours.

Duquette balaya la salle de classe de son œil de lynx. Une liste, fixée près du grand tableau noir, attira son attention.

Se libérer de l'obsession de la croissance
grâce au cercle vertueux des 11 « R »:
Réévaluer, Reconceptualiser, Restructurer,
Relocaliser, Redistribuer, Réparer,
Réglementer, Récompenser,
Réduire, Réutiliser, Recycler.

— Je ne connaissais que les trois derniers, admit-il.

— Comme la plupart des gens.

Le policier s'apprêtait à commencer son interrogatoire quand la femme le devança.

— J'espère que vous ne vous appuyez pas sur la rédaction de Philippe Mandeville pour l'incriminer, inspecteur. Car je me permettrai alors de vous signaler que vos présomptions ne tiennent pas à grand-chose.

— Vraiment? fit Duquette, un peu vexé par la clairvoyance de l'enseignante.

— Vous savez ce que contenait ce devoir? le questionna-t-elle.

— J'espérais l'apprendre de votre part, madame.

Agnès de La Coulonnerie se rapprocha de lui.

— Eh bien, cela n'avait rien à voir avec le manuel apologique du parfait petit terroriste. Je n'aurais jamais cautionné cela en lui décernant une note parfaite. Il s'agissait plutôt d'un survol historique de la pyrotechnie dans le monde. Oh, il donnait bien la recette pour fabriquer des pétards, du genre de ceux vendus dans n'importe quelle quincaillerie de la Cité, rien de plus. Je puis vous le garantir.

Duquette médita les dernières paroles.

— Il aurait tout de même pu tomber sur des informations intéressantes au cours de ses recherches, supposa-t-il.

— Oui, en effet. Je ne suis hélas pas en mesure de le vérifier. Pour cela, il faudrait vérifier son ordinateur.

«Encore ça!» songea l'enquêteur, agacé. Depuis une quinzaine d'années, ses enquêtes se mettaient à la page. Elles tournaient souvent, de près ou de loin, autour des nouvelles technologies. À croire qu'il vivait dans le mauvais siècle. Que n'aurait-il donné pour retourner au temps de son père ou de son grand-père! Il se sentait de plus en plus dépassé par la modernité.

— Quelle était la nature des relations entre Kristofer et Philippe?

La femme haussa les épaules.

— Philippe voulait sympathiser, lui confirma-t-elle. Pas Kristofer. Je n'ai aucune idée du pourquoi des deux attitudes, inspecteur. Je suis désolée.

Sophia revint à la maison en compagnie de son grand-père. Il lui proposa de faire livrer des combos vietnamiens; elle déclina l'offre, faute d'appétit et d'intérêt. Elle regagna sa chambre sans dire un mot. Elle s'allongea sur son lit et se mit à fixer une petite toile d'araignée, tissée dans une des encoignures du plafond. Elle sentit une vague de tristesse déferler en elle. D'un mouvement brusque des hanches, elle se redressa pour s'asseoir.

Elle aimait Kristofer. Ses sentiments pour lui perdureraient encore longtemps. Toutefois, les larmes ne servaient à rien sinon à entretenir son désarroi. Il fallait continuer de vivre. Et cela commençait par manger. Elle redescendit donc au rez-de-chaussée où son grand-père, heureux de la voir changer d'idée, appela aussitôt un restaurant vietnamien.

Sophia retourna dans sa chambre en attendant la livraison. Car vivre, à son âge, cela signifiait aussi étudier. Elle ne pouvait pas se laisser abattre par un second départ dans sa vie, même s'il s'avérait aussi tragique que le premier. Elle souhaitait réussir. Envers et contre tout. Elle avait assez tourné en rond depuis des années. Il était grand temps qu'elle se mette à la tâche. Avec sérieux. C'était ce que son père et Kristofer auraient voulu.

Forte de sa décision, elle prit son sac d'école. Dès que sa main plongea dans l'une des poches, elle toucha un objet qui ne lui appartenait pas : une clé USB. Intriguée, Sophia l'inséra dans un des ports de son ordinateur portable.

Le cœur de la jeune fille bondit dans sa poitrine lorsqu'elle découvrit que l'identifiant du périphérique portait le nom de Kristofer. Qu'est-ce que l'objet faisait dans ses affaires à elle ? En quelques clics de souris, elle constata que seul un fichier y était enregistré. Il portait le nom étrange d'Ergon.

6

LES SUSPECTS DE DUQUETTE

Mardi 23 janvier...

Pendant que Sarto Duquette s'installait dans un des fauteuils du salon, Ingrid Gunnarsen lui présenta une tasse de thé. Elle paraissait plus ennuyée qu'attristée par la présence de l'inspecteur. Lui ne décelait sur le visage de la femme aucune trace de larmes. Son fils Viktor, aussi présent, affichait la même attitude. S'agissait-il de la froideur légendaire des Scandinaves? Duquette ignorait que, pour eux, les sentiments relevaient du domaine privé, qu'ils se vivaient intérieurement, même dans les situations les plus difficiles.

À moins que la femme ne soit pas tout à fait étrangère à la mort de son fils aîné...

— On m'a dit que vous ne sortiez pas beaucoup, madame Gunnarsen.

— Je ne sors pas du tout, précisa-t-elle. Jamais.

Après un bref moment de silence, le policier poursuivit son interrogatoire.

— J'imagine alors que vous travaillez depuis la maison.

— Je... ne travaille plus, rectifia-t-elle de nouveau. Avant d'immigrer, j'étais actrice. J'ai mis de l'argent de côté. Ç'a été profitable, au début.

— Et maintenant?

La femme se troubla. Elle se tourna vers la fenêtre du salon en soupirant.

— Ça l'est beaucoup moins, avoua-t-elle.

— Au point de songer à reprendre le travail? lui demanda l'inspecteur.

— Ici, très peu de rôles correspondent à mon profil. Mon accent est trop prononcé.

Duquette extirpa un dossier de son manteau. Il le consulta pendant deux ou trois secondes avant de le tendre à la mère de la victime.

— Est-ce que vos finances vont mal au point de contracter une nouvelle assurance-vie aux noms de vos fils?

Ingrid Gunnarsen se retourna. Viktor la considéra avec stupeur. Elle prit le document, reconnut le logo de la compagnie d'assurance de qui elle retenait les services depuis quatre ans et le parcourut en toute hâte.

— Qu'est-ce que ça veut dire?

— C'est justement la question que je souhaitais vous poser, soutint Sarto Duquette d'une voix calme.

Sous les yeux de la femme apparurent des informations relatives à une toute nouvelle couverture entrée en vigueur à peine une semaine plus tôt, soit trois jours avant la mort de Kristofer. Elle en était la propriétaire ainsi que la première bénéficiaire. Ses deux fils figuraient en tant que personnes assurées, pour un total des capitaux-décès dépassant le million de dollars.

— Ils ont dû faire une erreur…, souffla-t-elle.

— Il s'agit pourtant de votre signature, indiqua l'enquêteur.

La femme n'avait pas besoin de plus d'explications pour comprendre qu'elle devenait, aux yeux de la police de la Cité, un des suspects dans le meurtre de son propre fils. Viktor aussi lisait entre les lignes. Le garçon ne savait plus de quelle manière réagir: étreindre sa mère pour la soutenir contre ces accusations ou s'éloigner de peur qu'elle ne s'en prenne à lui.

Ingrid Gunnarsen se tourna de nouveau vers la fenêtre dans le but d'attraper au vol une raison logique à la situation quand son regard se posa sur une silhouette familière, là, de l'autre côté de la rue. Du coup, elle se mit à trembler. La police d'assurance se froissa entre ses mains. Duquette remarqua son air effaré. Les lèvres de la femme formaient des mots dont il ne saisissait rien. «Sûrement du norvégien», conclut-il. Elle esquissa un mouvement de fuite avant de s'effondrer aux pieds de son fils et du visiteur. Viktor regarda à son tour par la fenêtre, sans apercevoir quoi que ce soit de particulier.

— Je vais appeler une ambulance, proposa l'inspecteur.

— Pas nécessaire, affirma le garçon tandis que sa mère revenait à elle.

Viktor lui apporta un grand verre d'eau. Elle le but d'une main malhabile. Quelques gouttes mouillèrent son chemisier. Elle leva enfin des yeux craintifs vers le policier.

— Faites vérifier, s'il vous plaît. Ce n'est pas ma signature…

Sarto Duquette mit la réaction de la femme sur le compte d'une trop forte émotion causée par les soupçons entretenus à son égard. Quant à Viktor, il ne voulait surtout pas prêter foi à ce qu'il avait cru discerner à travers les gémissements de sa mère.

Or, Ingrid Gunnarsen venait à l'instant de voir ressurgir le pire démon de son passé. Là, à des milliers de kilomètres de son pays natal.

Une anxiété palpable régnait dans l'école. Les élèves et les professeurs peinaient à fixer leur attention sur la matière. Un même malaise les habitait, teinté d'hésitation et de stupeur. Un camarade assassiné, un autre disparu, peut-être mêlé au meurtre du premier. La situation laissait perplexe. Tous se dévisageaient d'un air circonspect.

Après quarante ans au service de l'Éducation publique en tant que professeur de français, puis directeur d'école, Baptiste Victorin avait entretenu l'espoir de placer sa dernière année d'office sous le signe de la sérénité, voire de la facilité. La première session le lui avait fait miroiter. Voilà que la deuxième s'amorçait de façon chaotique. Même s'il n'avait rien à se reprocher, les querelles des deux élèves de cinquième année impliqués dans cette troublante histoire d'explosion et de fugue éclaboussaient son établissement. Il fallait limiter les dégâts ainsi que les dommages collatéraux.

Suivant à la lettre la procédure établie par la Direction de l'Éducation publique et en collaboration avec des intervenants spécialisés en situation d'urgence de la Régie des services sociaux, il aménagea un service d'aide psychologique dans le local de pastorale. L'endroit convenait à merveille pour recevoir les élèves de même que les membres du personnel qui éprouveraient le besoin de se confier.

— Le moins de vague possible, exigea-t-il des intervenants. J'attends de vous de la discrétion. La vie scolaire doit reprendre son cours… normal. Autant que faire se peut. Et le plus vite possible.

Victorin se signa d'un geste. Il pria pour que les événements ne traumatisent pas ses élèves outre mesure. D'autant que la présence de Sarto Duquette dans l'école ne lui plaisait guère. L'air de malfaiteur de l'inspecteur intimidait plus qu'il ne rassurait.

— Vous allez poser des questions à tout venant devant les jeunes ? s'inquiéta-t-il.

— On me paie pour ça, oui, monsieur.

— Est-ce qu'on vous paie aussi pour les perturber au point de gâcher le reste de leur année scolaire ? Ils sont à un âge vulnérable, inspecteur. Ne l'oubliez pas.

Duquette sourit pour la forme. Il connaissait son métier et entendait l'accomplir dans les règles de l'art.

— Vos postes d'ordinateurs sont-ils confinés au local d'informatique ou y en a-t-il aussi à la bibliothèque et dans les salles de classe ?

— Vous voulez relever vos messages Facebook ou Twitter ? s'étonna Victorin.

L'enquêteur ne put s'empêcher de rire dans sa barbe. C'était bien mal le connaître !

Sans prétendre que les Mandeville faisaient partie des familles les plus défavorisées, l'inspecteur savait qu'ils n'appartenaient pas à la classe moyenne. La veille, il avait appris qu'ils ne possédaient aucun ordinateur dans leur petit appartement miteux. Afin d'effectuer ses recherches en vue de rédiger son travail pour le cours de sciences et technologies et de l'imprimer ensuite, Philippe avait dû utiliser un appareil en libre-service dans un café Internet de la Cité (sans que sa sœur puisse confirmer lequel en particulier, ce qui revenait à chercher une aiguille dans une botte de foin) ou recourir au parc informatique de l'école.

— Mes hommes vont y jeter un coup d'œil, indiqua l'inspecteur. Quelqu'un peut leur montrer le chemin ?

Au cours des jours à venir, Baptiste Victorin ne serait plus le seul maître de son établissement. Il proposa à un professeur qui quittait les bureaux administratifs de l'école de guider les deux hommes de la brigade criminelle.

— Et n'oubliez pas : de la discrétion ! leur rappela-t-il d'un air soucieux.

Avec les années de service et les diverses enquêtes auxquelles il avait pris part, Duquette avait appris à vite saisir la psychologie des gens rencontrés dans l'exercice de ses fonctions. Il posa une main conciliante sur l'épaule de l'Haïtien d'origine.

— Ne vous en faites pas, monsieur le directeur.

Victorin eut une pensée pour l'ensemble des élèves sous sa supervision. Il les aimait. Il souhaitait le meilleur pour eux. Sans leur contact quotidien, sans leur complicité et leurs confidences, jamais il ne serait devenu l'homme respecté qu'il était. Il ne cessait de tourner la question dans sa tête : aurait-il pu faire quelque chose pour Kristofer et Philippe ? Il concédait cependant qu'il ne pouvait pas prendre tous les jeunes par la main.

— Pourriez-vous m'indiquer les casiers des deux élèves, monsieur le directeur ?

Ce dernier obtempéra, reconnaissant qu'on ne lui retire pas complètement les droits acquis sur son établissement.

Le contenu de la clé USB obnubilait Sophia. Comme sa mère avait consenti à ce qu'elle demeure une journée de plus à la maison, elle ouvrit de nouveau l'unique fichier gravé : Ergon. « Que signifie ce mot ? » se demanda-t-elle.

À l'écran de son ordinateur apparurent des numérisations de ce qui paraissait avoir été, à l'origine, un cahier de notes manuscrites. Elle découvrit d'abord une courte ligne composée d'un nombre à deux chiffres, suivi d'un mot inconnu d'elle. Sous cette première ligne se trouvait un paragraphe assez long auquel elle ne comprit rien. « Du norvégien », supposa-t-elle.

Son index actionna la roulette incorporée à la souris et elle fit défiler le texte. Sur chaque page du document, elle remarqua que la même séquence se répétait : une courte ligne avec un nombre à deux chiffres, un mot inconnu (le même que celui écrit en haut de la page, mais qui changeait de façon régulière après quelques pages) puis, en dessous, un paragraphe incompréhensible, parfois court, parfois beaucoup plus long. Certains passages contenaient des équations mathématiques, d'autres des listes à puces avec ce qui lui semblait être des quantités… Des ingrédients, comme pour l'élaboration d'une recette, inféra-t-elle.

L'adolescente comprit qu'elle avait sous les yeux l'ensemble des étapes datées du mystérieux projet de Kristofer, une sorte de journal de bord. Elle saurait enfin de quoi il retournait ! Elle aurait tant préféré qu'il lui en parle de vive voix. Et surtout que le garçon soit toujours là, auprès d'elle, pour en discuter.

Elle remarqua le nombre de pages, affiché au bas de son écran.

— Quoi ? s'écria-t-elle. Quatre cent quatre-vingt-treize pages !

Pour un projet, c'en était un d'envergure ! Traduire et comprendre le contenu du fichier lui prendrait un temps fou. Au bas mot des mois, peut-être même une année entière. Et elle avait tant de rattrapage scolaire à effectuer…

En dépit de sa récente résolution de se remettre en selle pour ses travaux scolaires, la lecture du journal de Kristofer se présentait à elle comme une nouvelle priorité dans sa vie.

— Je n'y arriverai jamais, prophétisa-t-elle. Pas toute seule…

Sophia avait besoin d'aide pour accomplir cette colossale tâche de traduction. L'unique personne sur qui elle pouvait compter s'appelait Michelle Bernard, sa meilleure amie. Elle s'empressa de lui envoyer un texto.

Sarto Duquette déambulait dans l'école, sans escorte. Le pas lent et l'œil critique, il explorait l'édifice afin d'en prendre le pouls. Sur son passage, élèves et professeurs le saluaient en silence, avec une certaine déférence. Puis, ils accéléraient le pas afin de discuter entre eux à voix basse.

Depuis le début de la journée, le responsable de l'enquête avait interrogé une dizaine de camarades de classe de la victime et de son second suspect. Sans grand succès. Les témoins racontaient tous à peu près la même chose : Kristofer était un petit génie solitaire qui obtenait toujours les meilleures notes. Pas prétentieux, discret, pour ne pas dire timide. Il n'entretenait pas de véritables amitiés. À la rentrée scolaire, il avait néanmoins commencé à fréquenter Sophia Brunelle. Une relation pudique. Quant à Philippe, il avait toujours été un élève moyen et bien entouré. Il comptait à son actif une collection de petites amies qui ne restaient guère longtemps dans son sillage. La dernière en date remontait à plus de quatre mois. En ce qui concernait l'école, les notes de Philippe avaient subitement pris une courbe ascendante à partir d'octobre, et ce, sans raison apparente. Il était désormais considéré comme le deuxième meilleur élève de cinquième année.

Pour finir, les témoins interrogés avaient eu vent des disputes entre les deux adolescents. Personne ne pouvait rien dire de leurs griefs, pas même les amis de Philippe. L'essai sur les explosifs revint sur la table. On ne savait pas quoi en penser. On voulait croire à une simple coïncidence. De toute évidence, on se sentait soulagés de ne pas s'être querellés avec Mandeville !

L'existence de ce travail scolaire compliquait les démarches de Sarto Duquette.

Il n'accordait jamais beaucoup de crédit aux hasards survenant dans le cadre d'une enquête criminelle. Cette circonstance aggravante lui paraissait trop facile, trop belle pour être vraie, pour avoir été négligée par un garçon soi-disant intelligent. À moins que la mère de Kristofer ait tiré avantage de la situation? Peut-être aussi avait-elle fait de Mandeville son complice. Pourtant, quelque chose clochait dans cette théorie sans qu'il parvienne à mettre le doigt dessus.

Depuis près de quarante-huit heures, ses hommes cherchaient des informations pouvant mener à la localisation de l'adolescent. Issu d'un milieu défavorisé, Philippe Mandeville ne possédait aucune carte de crédit. Le service de police de la Cité n'avait détecté aucune tran-saction de sa part. Le dernier retrait effectué dans son compte bancaire remontait à plus d'une semaine. Le sommaire des opérations des trois derniers mois indiquait un solde moyen de trente-cinq dollars. Il pouvait être partout dans la Cité, dans les banlieues envi-ronnantes ou dans les régions. Le jeune homme avait l'embarras du choix.

Si la majorité des fugueurs étaient des récidivistes, le tiers en étaient cependant à leur première escapade hors du domicile familial. Ne connaissant rien de la dure réalité de la vie dans la rue, leur manque de débrouillardise les rendait vulnérables et les exposait aux dangers inhérents à la Cité. Plus le temps passait sans nouvelles de Philippe Mandeville, plus les risques augmentaient. Ce dernier ferait-il partie des dix pour cent de fugueurs dont on ne retrouvait jamais la trace? Duquette espérait que non. Il tenait à connaître le fin mot de cette histoire. Comme toujours.

Autour de lui, les élèves de l'école profitaient d'une pause entre deux cours pour revenir vers leurs casiers ou pour acheter une friandise à la cafétéria. D'un point à l'autre, ils allaient le dos voûté, la tête penchée, le pouce glissant sur un téléphone intelligent ou un baladeur numérique. Soudain, l'esprit de l'inspecteur s'illumina. Mandeville possédait-il lui aussi un de ces gadgets électroniques? Si tel était le cas, les experts du service pourraient tomber sur des pistes intéressantes. «À vérifier», se dit-il.

— Bonjour, le salua Agnès de La Coulonnerie.

— Bonjour, madame.

— Votre enquête avance-t-elle comme vous le souhaitez?

Il la dévisagea d'un air impassible. Elle comprit que la réponse ne faisait pas partie du domaine public.

— J'ai beaucoup repensé à ce travail sur les explosifs, ajouta-t-elle.

— Vous n'êtes pas la seule, affirma-t-il, moqueur et frustré à la fois.

Elle sourit de bon cœur.

— Je me demandais pourquoi, si Philippe était responsable de la mort de Kristofer, il aurait pris le risque de l'éliminer de cette manière, compte tenu du fait que leurs disputes, sa rédaction puis sa disparition le placeraient en tête de liste des suspects. Ce n'est pas logique. À moins que…

Elle baissa le ton et jeta un coup d'œil alentour, comme pour s'assurer qu'on ne surprenne pas leur conversation. Sarto Duquette se rapprocha afin de recueillir la confidence, les yeux plongés dans ceux de l'enseignante.

— À moins qu'on n'ait voulu, poursuivit-elle, justement à cause de ces circonstances particulières, lui faire porter un chapeau qui appartient à un autre…

— Pourquoi fuir dans ce cas?

— Parce qu'il a peur, avança-t-elle.

L'inspecteur envisagea la possibilité d'un coup monté. Par qui? Dans quel but? À qui profitait le crime? L'hypothèse d'Agnès de La Coulonnerie ne venait pas faciliter sa compréhension de l'affaire. Loin de là. Si elle s'avérait, elle l'empêtrerait dans un réseau de fils et de nœuds encore plus inextricables. Pour le moment, et jusqu'à preuve du contraire, il devait rester concentré sur les faits vérifiés : la fugue de Philippe Mandeville et les problèmes financiers d'Ingrid Gunnarsen.

— Si vous développez d'autres théories, continuez de m'en aviser. En premier, bien sûr.

— Je n'y manquerai pas. Au revoir, inspecteur. Et bonne chance !

Il la salua et se dirigea vers le local du service d'aide psychologique. Peut-être y aurait-il du nouveau de ce côté-là.

Debout sur le trottoir, ignorant le froid et la neige qui s'accumulait dans sa chevelure, Sophia fixait la maison de Kristofer. Des pas résonnèrent sur le trottoir. Une voix lui parla ; elle ne bougea pas, trop occupée à cuver sa tristesse, à prendre la mesure du vide immense que le départ de son petit ami avait créé autour d'elle. Puis, elle se retourna et s'essuya les yeux.

— Tu veux entrer ? lui proposa Viktor qui revenait chez lui avec quelques provisions.

— Je peux ?

Il lui sourit et la prit par le bras. Ensemble, ils s'engagèrent dans l'allée couverte de neige de la résidence des Gunnarsen.

Tout était calme dans la maison. Pas de musique, pas de télévision, pas de bruit, pas de lumière non plus. Seulement celle du jour gris qui filtrait à travers les rideaux à moitié tirés. L'ordre et la propreté régnaient. « À croire que personne ne vit là », constata Sophia. .

— *Mamma* dort.

— Comment va-t-elle ?

Le regard du garçon se mit à fuir. Son visage se troubla.

— Tu sais où est la chambre de Kris, dit-il, la gorge nouée. Moi, je vais remplir le frigo puis déneiger.

L'adolescente le remercia d'un petit signe de la tête. Pendant que Viktor déchargeait les sacs d'épicerie, elle grimpa à l'étage. Là aussi planait un silence oppressant. À pas de loup, elle pénétra dans la chambre de Kristofer. Elle referma la porte derrière elle. Hypnotisée par le lit, elle s'approcha et s'assit sur la couette avant de basculer sur le dos. Elle se recroquevilla sur le côté, en face du mur.

Le lit de Kristofer. Ses draps. Ceux qui l'avaient couvert et tenu au chaud la nuit, qui avaient épousé les formes de son corps. Ceux qui répandaient encore son odeur.

Lui. Elle. Eux. Auraient-ils fait l'amour dans ce lit? Auraient-ils dormi ensemble là où elle se trouvait désormais seule? Auraient-ils été heureux là où elle ne connaissait que la tristesse?

— Pourquoi m'as-tu remis cette clé? chuchota-t-elle.

Kristofer n'existait plus. Il ne restait que son souvenir, que l'amour qu'elle lui témoignait et qui devenait du coup impossible, douloureux. Ce qu'ils avaient été, et surtout ce qu'ils ne vivraient jamais, lui manquait.

Elle saisit un bout de la couette pour former un tapon sur lequel elle posa sa joue.

— Je vais déchiffrer ce qu'il y a d'enregistré sur la clé, tu sais. Je tenais à te le dire…

102

Elle huma une dernière fois les draps de son petit ami, les lissa afin d'effacer les traces de son passage et sortit.

Il était 21 heures passées. Son téléphone n'arrêtait pas de vibrer, de lui rappeler son retard. Car il ne pouvait s'agir que de sa mère qui la cherchait, enrageant de ne pas la voir rentrer. Sophia traînait dans les rues. Elle avait besoin d'être seule, de faire une place à ses émotions sans sentir qu'on les banalisait. Sa mère n'appréciait pas Kristofer; ce n'était pas elle qui lui prodiguerait du réconfort.

L'adolescente déambulait au hasard, sans porter attention au chemin qu'elle empruntait. Elle se contentait de subir le froid qui s'inten-sifiait. Lorsqu'elle décida de prendre un bus pour revenir enfin chez elle, elle remarqua, comme sortie de nulle part, une silhouette fugace qui courait et qui s'engouffrait dans un immeuble à logements. Dans l'étroit hall illu-miné par un néon défectueux, la silhouette portait un gros anorak foncé, avec des bandes réflectrices au dos et sur le capuchon. Un manteau semblable à celui de l'inconnu qui s'était querellé avec Kristofer, quelques minutes avant l'explosion du Dodge Dart!

Sophia se figea. Était-ce bien lui? Le hasard ne l'avait pas conduite à cet endroit précis à son insu ; son inconscient le lui avait plutôt dicté, crut-elle.

Quand la silhouette grimpa l'escalier de l'immeuble, elle s'élança à sa poursuite. Elle remonta l'allée, repoussa la porte vitrée de l'entrée, puis monta quatre à quatre les marches jusqu'à ce que, au cinquième étage, elle rattrape l'inconnu qui s'apprêtait à s'engouffrer dans un des appartements.

— Hé ! cria Sophia avec force malgré son souffle court.

La personne se retourna dans un sursaut. L'adolescente tomba des nues. Devant elle se tenait un Philippe Mandeville paniqué et hagard. La sœur du garçon apparut sur le seuil de leur appartement, tout aussi surprise que son frère jumeau.

— Tu l'as tué, espèce de salaud ! l'accusa Sophia en serrant les poings et en fonçant droit sur lui. Tu l'as tué !

Catherine s'interposa entre eux.

— Tu n'as aucune preuve, alors va-t'en ! rugit-elle.

Philippe ne bougeait pas. L'attaque inattendue l'avait pétrifié. Il regardait Sophia, désolé.

— J'étais là-bas ! martela cette dernière. Je t'ai vu !

Elle plongea la main dans sa poche et sortit son téléphone.

— Qu'est-ce que tu fais ? s'affola Catherine.

— Devine !

La jumelle fit un mouvement pour lui arracher l'appareil des mains. Elle n'avait plus qu'une idée en tête: protéger son frère contre la menace que représentaient les policiers. Philippe la retint.

— Laisse tomber, Cath. C'est mieux comme ça. J'en ai assez de me cacher…

7

LE JOURNAL DE BORD

Mercredi 24 janvier...

À la première heure, l'inspecteur Sarto Duquette se présenta, accompagné de trois agents, au domicile des Mandeville. Ni ses collègues ni lui n'avaient l'air commode. Et pour cause : ils avaient appris le retour au bercail du fugueur par une tierce personne, et non par la famille elle-même.

— Sophia Brunelle nous a devancés, un point c'est tout ! tempêtait Catherine dans son coin.

Elle mentait. Si cela n'avait tenu qu'à elle, jamais elle n'aurait communiqué avec le service de police de la Cité.

— On a quand même le droit de prendre une heure avec notre fils pour nous assurer que tout va bien, non ? s'offusqua le père du suspect. La famille avant tout, bon sang ! C'est comme ça qu'on fait les choses, nous autres !

Le cri du cœur de l'homme exacerba la mauvaise humeur de l'enquêteur.

— Je veux discuter avec votre fils, exigea ce dernier.

— Il ne dira rien sans la présence d'un avocat ! cracha Catherine, la rage au ventre. On

106

est peut-être pauvres, mais on connaît nos droits !

— C'est vrai qu'on peut nous en assigner un d'office, renchérit le père, venant au secours de sa fille.

— Oui, confirma Duquette. On peut. Comme on peut aussi gagner du temps.

— Suis-je en état d'arrestation ?

L'inspecteur se tourna vers Philippe qui parlait pour la première fois depuis l'arrivée des policiers.

— Non. Pour l'instant, je veux te poser quelques questions, c'est tout.

— Alors, on va dans ma chambre.

« Enfin », pensa l'enquêteur, soulagé. Son suspect ne se montrait pas aussi buté que le reste de sa famille. Monsieur Mandeville effectua un geste pour les suivre. Sarto Duquette ne s'y opposa pas. Il adressa toutefois un regard sévère à Catherine, lui signifiant qu'elle n'était pas la bienvenue. Les trois hommes passèrent dans la pièce voisine. Mandeville père et fils s'assirent sur le lit du garçon. Le responsable de l'enquête posa quant à lui les fesses sur le coin d'une petite commode, pour éviter de froisser les draps du lit de la jumelle, situé juste à côté de celui de son frère.

— Qu'est-ce que tu as fait au cours des quatre derniers jours ?

— J'ai flâné au centre-ville.

— Comment tu t'es débrouillé ? Tu avais de l'argent ?

L'adolescent marqua une seconde d'hésitation.

— Oui, un peu.

— Pourquoi es-tu parti comme ça, sans le dire à personne?

— J'avais peur.

Duquette repensa à sa conversation avec Agnès de La Coulonnerie, la veille.

— De quoi?

Le garçon haussa les épaules. Son regard s'embruma avant de plonger vers le tapis.

— Que faisais-tu et où étais-tu, vendredi soir dernier, un peu avant minuit? le questionna l'inspecteur.

Philippe sursauta quand la main de son père se posa sur sa cuisse.

— Tu n'es pas obligé de répondre, mon gars, souffla l'homme au grand dam du policier.

Son fils ferma les yeux, puis secoua la tête.

— J'étais là-bas. Au vieux pont de l'Est.

Monsieur Mandeville le scruta, décontenancé. Sarto Duquette n'eut pas le temps de poursuivre son interrogatoire que son suspect passait déjà aux aveux.

— Kris m'avait laissé une note dans mon casier, à l'école. Il me donnait rendez-vous là-bas, à 23 heures 30. Quand je suis arrivé, il ne voulait plus ni me voir ni me parler. On s'est disputés. Assez solide. On s'est bousculés…

Les deux hommes écoutaient la déposition de l'adolescent, pendus à ses lèvres.

— J'en ai eu assez de son attitude, donc je suis parti. Je n'avais pas fait une centaine de mètres quand j'ai entendu l'explosion. C'était… c'était…

Il s'essuya les yeux avec ses poings.

— Est-ce que c'est toi qui as activé à distance le détonateur? voulut savoir Duquette.

— Non! se récria le garçon. J'aim…

Il s'interrompit, intimidé par la présence de son père.

— Pourquoi n'es-tu pas revenu aussitôt à la maison, Philippe? réitéra l'enquêteur.

L'adolescent, tout comme sa jumelle, ne soufflait mot de son passage éclair à l'appartement, quelques minutes seulement après l'explosion du Dodge Dart.

— Je vous l'ai dit. J'avais peur. Dans ma tête, ça a fait tilt.

— À cause de ton travail de sciences?

Le suspect acquiesça.

— As-tu déjà rencontré la mère de Kristofer?

— Non. Jamais vue.

— Es-tu déjà entré en contact avec elle par téléphone ou courriel?

— Non. Pourquoi vous me posez cette question?

L'inspecteur se redressa et se tourna vers le père du suspect.

— Pourriez-vous nous laisser seuls, monsieur Mandeville? J'aimerais éclaircir un dernier point avec votre fils. Je n'en ai que pour une minute.

L'homme chercha le consentement du garçon qui le lui donna d'un battement de paupières. Il se retira, refermant la porte derrière lui. Sarto Duquette prit place à côté de l'adolescent.

— Tu aimais Kristofer, pas vrai?

Le jeune homme demeura un instant pétrifié par la question, puis opina de nouveau, la tête basse.

— Et lui, était-il gai?

— Je ne crois pas.

— D'après toi, donnait-il le change en s'affichant avec Sophia Brunelle?

— Je ne sais pas… Je ne pense pas, non.

— Et toi, avec les filles? On m'a dit que tu avais une belle collection de petites amies…

Cette fois, Philippe quitta son attitude voûtée et bomba le torse. Il plissa l'œil afin de mieux jauger le policier à côté de lui. Celui-ci vit briller le même éclat de fougue que dans les prunelles de Catherine, sa jumelle.

— Ç'a été comme… une révélation, confessa-t-il, au début de l'année, avec Kris dans un de mes cours. Grâce à lui, j'ai su qui j'étais vraiment. Ma famille est hyper croyante, inspecteur. Je n'ai pas envie que mes parents me regardent comme si j'étais un pervers, un dépravé. Ce serait une sorte de trahison pour eux. Alors, les filles, c'est bon, j'en parle. Pour ce qui est des gars, ou en tout cas de Kris…

Une larme humidifia le coin de son œil.

— J'ai décidé de garder ça pour moi. Et ça va rester comme ça encore un bon bout de temps, je pense bien.

L'enquêteur songea à la déclaration de Catherine, le dimanche précédent. Elle ne concordait pas du tout avec celle de son frère jumeau, puisque la jeune fille affirmait que Philippe était sur le point de faire son *coming out*. Duquette se leva et fit un pas vers la porte quand le garçon lui toucha le bras.

— Merci de votre discrétion. Mes parents… ils ne comprendraient pas. Ils ne sont pas prêts.

— Et ta sœur, se hasarda l'inspecteur, est-elle au courant de ton orientation sexuelle ? Du fait que tu veuilles garder le secret ?

— Bien sûr ! On se dit toujours tout.

« Ça va bien aller », se répétait-elle pour s'encourager.

Soutenue par Michelle Bernard, Sophia franchit les portes de l'école. Dès lors, de nombreux regards convergèrent vers elle. On ne la considérait plus comme la petite amie de Kristofer, mais comme celle d'un mort. Michelle lui chuchota un mot de réconfort, et elles gagnèrent leur casier sans adresser la parole à quiconque. Après y avoir déposé leurs manteaux, elles se rendirent à leurs cours respectifs. Le professeur de français salua Sophia avec un sourire gêné. Quant aux élèves, ils hésitaient. Devaient-ils lui parler ? Que dit-on à quelqu'un qui éprouve un chagrin innommable ? Peut-on se permettre une plaisanterie ou deux, comme dans le bon vieux temps, avant que le drame n'éclate ?

Le cours s'annonçait long et pénible. À la moitié de la période, incapable de se concentrer sur l'usage du subjonctif, Sophia prit ses cahiers et s'en alla sans dire un mot. L'enseignant la laissa faire. L'adolescente avait entendu parler du service d'aide psychologique et avait l'intention de s'y rendre, sûre que cela lui ferait du bien. Au diable les cours qu'elle manquerait !

Elle fila vers le local de pastorale quand elle remarqua Agnès de La Coulonnerie qui émergeait de l'aile des locaux du dernier cycle. Sophia hésita. Michelle n'avait pas encore eu le temps de passer chez elle pour l'aider à traduire le journal de bord de Kristofer, ce qui n'avait pas empêché l'adolescente de le parcourir. Elle avait choisi des phrases au hasard et, grâce à un dictionnaire emprunté à la bibliothèque municipale, elle était parvenue à les déchiffrer. L'une d'elles contenait une expression étrange, jamais lue ou entendue auparavant. En la tapant en norvégien dans la fenêtre *recherche*, elle s'était rendu compte que les deux mots de la locution revenaient à plusieurs reprises dans le journal. Un professeur de sciences et technologies serait certainement en mesure de les clarifier pour elle.

Elle accéléra le pas et arriva à la hauteur de la femme.

— Bonjour, j'aimerais vous poser une question…

Madame de la Coulonnerie jeta un coup d'œil à sa montre, surprise de croiser une élève en pleine heure de cours. Sophia ne lui laissa pas le temps de lui reprocher quoi que ce soit. Elle se lança aussitôt :

— Vous savez ce que ça signifie "obsoleskence programmée" ?

— "Obsolescence", corrigea la femme.

— Oui, pardon, bon. Je me demandais ce que c'était un objet qui…

Elle chercha dans sa mémoire la formulation exacte employée par Kristofer dans ses notes.

— … qui défierait les règles de l'obsolescence programmée ?

L'enseignante s'extasia devant l'image mentale que la question faisait soudain naître dans sa tête.

— Ah ! soupira-t-elle. N'importe quel ingénieur rêve de créer un objet pareil. Vous imaginez ? Un objet qui ne faillirait jamais, qui serait toujours efficace en dépit des années qui passent et de sa garantie…

« Un grille-pain éternel, par exemple, c'est vrai que ce serait chouette, pensa Sophia, ce serait comme une sorte de miracle. » Pourtant, la réponse ne l'instruisait que sur la première partie de sa question.

— Et pour l'obsolescence programmée? insista-t-elle.

— On parle aussi de "désuétude planifiée", lui apprit Agnès de La Coulonnerie. C'est le principe selon lequel on détermine volontairement et à l'avance la durée de vie d'un produit. C'est une façon d'entretenir artificiellement les besoins du consommateur. On fabrique des articles fragiles, éphémères et jetables pour, soi-disant, assurer la croissance de l'économie, la stabilité tant de la société de consommation que du capitalisme. On s'efforce de construire des gadgets intégrant des options et des applications dont les générations précédentes étaient dépourvues, et ce, dans le seul but de forcer les consommateurs à s'en procurer de nouveaux. L'obsolescence programmée, c'est l'équivalent politiquement correct du mot *gaspillage*. Un objet qui défierait ce principe serait révolutionnaire et à contre-courant des enjeux politiques et économiques actuels. Donc très dangereux.

— Dangereux? répéta l'adolescente, interdite. Pour qui, si ça répond à nos vrais besoins et si ça nous évite de gaspiller?

La scientifique la dévisagea avec un peu plus d'attention.

— Pourquoi me posez-vous ces questions, mademoiselle? Je vous ai déjà vue en compagnie de Kristofer Gunnarsen. Vous étiez sa petite amie, non?

À son tour, Sophia consulta sa montre.

— Je vous remercie beaucoup. Euh… je dois y aller. Mon prof va s'impatienter.

Elle détala comme une gazelle, laissant madame de La Coulonnerie fort perplexe.

Depuis la veille, l'angoisse d'Ingrid Gunnarsen s'intensifiait à tel point qu'elle gardait les rideaux fermés et les stores baissés. Elle n'allumait que des lampes d'appoint. Elle tremblait au moindre bruit, souffrait de migraines constantes et mangeait à peine. Elle avait recommencé à fumer. Si l'inspecteur chargé d'élucider le meurtre de Kristofer ne lui avait pas téléphoné pour annoncer sa venue, jamais elle n'aurait couru le risque de lui ouvrir.

Sarto Duquette la dévisagea un instant en silence, tentant de lire en elle, pour découvrir ce qui se cachait derrière la beauté et l'attitude de cette femme.

— Avez-vous fait expertiser la signature? s'informa-t-elle sans lui proposer de retirer son manteau.

— Oui.

La Norvégienne sourcilla devant sa réponse lapidaire. Un doute l'envahit, alors qu'elle n'avait absolument rien à se reprocher.

— Les résultats ne sont pas concluants, précisa l'enquêteur, le regard rivé sur elle, cherchant à déceler une éventuelle faille.

Ce pourrait être vous comme un très habile faussaire.

— Avez-vous d'autres suspects dans votre mire ?

— Oui, quoique l'affaire me paraisse nébuleuse, admit l'inspecteur.

— Qui est-ce ?

— Un camarade de classe de votre fils.

Ingrid Gunnarsen alluma une cigarette. Duquette ne fumait plus depuis la grossesse de sa femme, une quinzaine d'années plus tôt. Adepte du jogging matinal, il prenait soin de lui, mangeait bio et végétarien. Il toussota et recula d'un pas, le dos contre la porte d'entrée.

— Pourquoi aurait-il fait ça à… mon fils ?

— Il était amoureux de Kristofer, précisa l'enquêteur.

Elle releva un sourcil, comme si elle lui adressait une question muette.

— Faire exploser les gens, voilà une curieuse manière de leur témoigner de l'affection.

L'inspecteur en convint d'un signe de tête.

— Sauf quand les gens en question refusent nos avances, nota-t-il. Ce que Kristofer a peut-être fait.

La mère de la victime s'apprêtait à tirer une autre bouffée de sa cigarette lorsque la sonnette retentit.

— Je n'attends personne, déclara-t-elle, aussi fébrile que si elle venait d'avaler dix espressos.

— Je réponds pour vous, si vous voulez ?

Elle cligna des yeux en guise d'assentiment. Le policier se retourna et ouvrit. Un homme un peu plus jeune que lui, très grand et mince, dans un manteau de laine à la coupe impeccable rehaussé d'une écharpe de cachemire, se tenait sous le porche. Avant qu'il n'ouvre la bouche pour le saluer, l'enquêteur sut qu'il était norvégien.

— Que puis-je pour vous, monsieur ?

— Je m'appelle Jørgen Alvestad-Beck, se présenta le visiteur. Je me demandais si Ingrid…

Un cri effarouché retentit dans la maison. Duquette fit demi-tour et découvrit la mère de Kristofer affalée sur le sol, sa cigarette roulant sur le carrelage. Il abandonna la porte pour voler à son secours.

— Ne le laissez pas entrer ! le supplia-t-elle, s'agrippant à son bras. Qu'il s'en aille !

Le policier leva un visage perplexe vers l'inconnu.

— Je suis son ex-mari, lui apprit le visiteur.

Ingrid Gunnarsen se serra de plus belle contre l'enquêteur.

— Alors, c'était bien toi, hier, de l'autre côté de la rue ! gémit-elle. Comment as-tu su que… que…

La réaction hystérique de son ancienne conjointe prit Alvestad-Beck au dépourvu.

— Tu nous surveilles, c'est ça ? s'affola-t-elle.

— Je crois qu'il vaudrait mieux que vous partiez, suggéra le policier.

— Je souhaitais simplement lui présenter mes condoléances, monsieur…

— Tu n'as jamais aimé mes fils! lui reprocha Ingrid Gunnarsen avec amertume. Va-t'en, tu m'entends? Disparais!

L'homme obéit. Il partit, refermant la porte derrière lui. L'air froid de janvier flotta cependant encore longtemps dans la pièce. Ingrid pleura dans les bras de l'enquêteur.

Jørgen Alvestad-Beck. Quatre ans plus tôt, elle l'avait quitté parce qu'il la trompait, la battait, et méprisait Kristofer et Viktor ainsi que leur père naturel. Elle avait toujours su qu'un jour, il reviendrait la hanter, qu'il se plairait à lui rendre la vie encore plus misérable. Jørgen n'était pas homme à encaisser la défaite, surtout publique. Il la voulait. Elle représentait son trophée, l'indice ultime de sa réussite sociale. C'était pour le fuir, pour ne jamais plus le revoir qu'elle s'était réfugiée à des milliers de kilomètres de Stavanger, sa ville natale. Pour cette raison aussi, elle se cachait et ne sortait jamais de chez elle.

Michelle Bernard posa son sac à dos sur une des longues tables de la bibliothèque municipale, à côté de son amie qui travaillait à traduire le journal de Kristofer.

— Tu crois qu'on peut faire ça ? Je veux dire… c'est intime, ces choses-là. Moi, en tout cas, je n'aimerais pas savoir que…

Michelle s'interrompit devant l'incongruité de ses paroles. Kristofer ne pouvait ni apprécier ni désapprouver le fait que Sophia et elle soient en train de parcourir son journal de bord puisque les morts ne ressentaient rien !

— Regarde, éluda son amie, j'ai déjà réussi à traduire un paragraphe, pris au hasard, vers la fin. Ça m'a pris une heure. Tu te rends compte ?

Sophia repoussa un dictionnaire français-norvégien et indiqua un passage. Michelle se mit à lire la traduction transcrite sur une feuille de papier. Chaque mot renforçait son sentiment d'embarras, son impression de violer l'intimité du défunt garçon.

5 janvier
J'ai travaillé dur et voilà qu'après des années d'acharnement, de réflexion et d'isolement, Ergon est terminé. La mission ultime que je poursuis est sur le point de se réaliser. Enfin !…

— C'est quoi *Ergon* ?

— Je ne sais pas trop, avoua Sophia. Un truc qu'il a mis au point. Tout est décrit là-dedans, je crois.

Michelle poursuivit sa lecture :

[...] Étrangement, je ne ressens aucun pince-
ment au cœur. Au contraire, une sorte de soula-
gement m'envahit. Bientôt, ma vengeance sera
totale…

— Tu es certaine d'avoir bien traduit ?
voulut s'assurer Michelle en tiquant sur le
mot *vengeance*. Ça devient bizarre. On devrait
arrêter.

Sophia opina. Elle avait vérifié et contre-
vérifié. Kristofer était un garçon doux, gentil
et respectueux. Lui découvrir de telles motiva-
tions l'ébranlait et l'intriguait à la fois.

— Tu vas te faire du mal pour rien, So.

— J'ai… besoin de savoir certaines choses.

— Genre s'il t'aimait vraiment ?

Au début, cette raison la poussait à décryp-
ter le texte. Désormais, elle n'en était plus aussi
certaine.

— Genre, oui, mentit-elle.

Michelle soupira, puis se replongea dans
la lecture de l'extrait traduit.

[...] À partir de maintenant, je pourrai passer
plus de temps avec mamma et Vik. Grâce à Ergon,
ça sera plus facile. Les spectres du passé vont dis-
paraître et nous foutre la paix. Pour toujours…

— Il faut que je parte, décida Michelle en
se levant d'un bond. Il est tard.

Elle n'était plus convaincue qu'il s'agissait d'un journal ordinaire. Sophia non plus,

d'ailleurs. Les deux adolescentes percevaient quelque chose de trouble, d'effrayant même, derrière les mots déjà déchiffrés. L'aura de mystère du garçon s'épaississait.

— Encore un peu, l'implora Sophia. Quelques minutes seulement.

— Je dois y aller, inventa son amie, déstabilisée. À demain !

— S'il te plaît, Mimi…

La jeune fille prit son manteau et son sac, prête à partir.

— Qui va m'aider, hein ? la supplia-t-elle à mi-voix pour que la bibliothécaire ne vienne pas les sermonner.

— Si tu ne *peux* pas le lire, So, insinua son amie sur le même ton de cachotterie, c'est peut-être parce que tu ne *dois* pas le lire !

Sophia grimaça. Près de quatre cents pages à traduire… Même avec Michelle, elle n'y arriverait pas en criant ciseaux. Il lui fallait un moyen plus efficace et plus rapide.

8

LE LOGICIEL DE TRADUCTION

Jeudi 25 janvier...

Gauche, droite. Gauche, droite. Tout droit.
Encore un peu. Inspirer. Surtout ne pas oublier
d'expirer. Ne penser à rien. Faire le vide.
Évacuer la moindre pensée. Gauche, droite.
Hop, hop, hop! Oublier le monde. Mettre de
côté la maison. Suspendre l'enquête. Inspirer,
expirer. Gauche, droite, gauche, droite. Continuer de courir...

Des images s'immisçaient toutefois dans la
tête de Sarto Duquette. Des silhouettes et des
visages, dont ceux d'Ingrid Gunnarsen et des
jumeaux Mandeville.

Il stoppa sa course à un coin de rue où le
feu de circulation venait de passer au rouge. Il
sautilla sur place. Son esprit procéda bien
malgré lui à un récapitulatif de la situation.

Deux brillants élèves. L'un amoureux,
l'autre pas. Des disputes en public. Un essai
sur la pyrotechnie. Une explosion meurtrière.
Une fugue. Un ordinateur nettoyé. Une fenêtre
de sous-sol forcée. Des économies qui s'épui-
saient. Une nouvelle police d'assurance alléchante. Une signature peut-être contrefaite. Le
retour d'un ex-mari...

Au feu vert, le coureur franchit l'intersection. Inspirer, expirer. Gauche, droite, gauche, droite. Continuer, suer malgré le froid de l'hiver. Juste un kilomètre de plus. Mille mètres pour cracher, exsuder les toxines de la Cité. Avaler les mètres et vider son esprit de toute pensée…

« À qui profite le crime ? À qui, bon sang ? » se demandait-il en boucle.

Une voiture longea le trottoir et s'immobilisa à quelques mètres devant elle. Suspicieuse, Sophia ralentit le pas. Une portière s'ouvrit et la tête de l'inspecteur Duquette apparut. L'adolescente soupira d'aise.

— Si tu vas à l'école, tu peux monter.

— Pas de refus !

Janvier tirait à sa fin et amenait avec lui la promesse terrible du mois qui suivait, toujours le plus glacial de l'année. La jeune fille se laissa tomber sur la banquette arrière, à côté de l'enquêteur. La voiture redémarra.

— C'est qui, lui ? s'informa-t-elle en indiquant du bout du menton l'homme en civil, assis devant, qui l'observait par le truchement du rétroviseur.

— Mon chauffeur. J'ai de la difficulté à évaluer les distances, surtout à partir d'une certaine vitesse. Sans compter un problème de latéralisation. Je confonds la droite et la gauche. C'est neurologique. À la suite d'un accident…

Sophia le fixa d'un drôle d'air.

— Et ça ne vous empêche pas d'être flic ? Je veux dire… Je vous demande pardon.

Il balaya l'air de la main. Qu'on l'appelle *flic* au lieu de *policier* ne le dérangeait pas outre mesure. C'était dans l'air du temps.

— Disons que ce serait impossible si je devais patrouiller, ce que je n'ai plus à faire, Dieu merci pour les autres. Et puis, tu imagines, en pleine intervention, un de mes collègues qui me crie: "Planque-toi à droite et attends", et moi qui prends la direction opposée ? Ça pourrait mettre pas mal de personnes en danger. Moi y compris.

— Comment vous avez fait pour devenir inspecteur ?

Sarto Duquette n'avait pas l'habitude de parler de lui lors de ses enquêtes. Il chercha donc le moyen d'y revenir.

— Disons que j'avais des talents qu'un supérieur compréhensif a décidé d'exploiter à leur juste valeur… Et toi, comment vas-tu ?

Sophia haussa les épaules et détourna le visage vers la vitre.

— Tu es allée dîner chez toi ?

— J'avais un petit achat à faire…, répondit-elle.

— Rien de nouveau ? insista-t-il.

La jeune fille se crispa. Dans son sac, il y avait non seulement la clé USB de Kristofer, mais aussi son ordinateur portable ainsi qu'un logiciel de traduction qu'elle venait d'acheter à la boutique d'électronique. Elle y avait englouti presque toutes ses maigres économies.

Devait-elle glisser un mot à l'inspecteur au sujet de la clé? Devait-elle lui parler du désir de vengeance de son défunt petit ami? Est-ce que cela avait un lien avec l'explosion de sa voiture, avec sa mort prématurée? Sans doute ne s'agissait-il que d'une pure coïncidence. Aussi préférait-elle s'en assurer et lire d'abord le journal de Kristofer. Après, il serait toujours temps de remettre le périphérique au policier. Ou de ne pas le faire.

Le chauffeur gara la voiture près de l'entrée des élèves.

— Non, répondit-elle, évasive. Et vous?

Il ne dit mot, et ils descendirent. Ils se dépêchèrent d'entrer dans l'établissement afin de profiter de sa chaleur bienfaisante. Après un bref au revoir, Sophia disparut dans la cohue étudiante, filant droit vers la bibliothèque.

Une fois dans la vaste salle, l'adolescente remarqua un coin tranquille, à l'abri des regards indiscrets. Il ne restait que quarante-cinq minutes à l'heure du dîner. Elle devait agir vite. Elle installa sur son ordinateur portable le logiciel de traduction sans aucune difficulté. Ensuite, elle inséra la clé de Kristofer dans le port USB et ouvrit le fichier Ergon. À l'aide de la souris, elle sélectionna un paragraphe dans les dernières pages du journal de bord et lança le logiciel afin de procéder à un test.

Le traducteur se mit en branle. Une fenêtre s'ouvrit à l'écran pour lui indiquer que le délai d'attente se situait autour de trois minutes.

— Allez…

La barre de progression se colorait à un rythme régulier. Un gong retentit. La barre, remplie, disparut pour céder la place à un texte en français.

— Ça marche! exulta Sophia.

Sans plus attendre, elle commença la lecture:

8 janvier

Je suis allé au bureau de poste, ce matin. Ça m'a fait arriver en retard à l'école. J'ai bien hâte de voir la tête des juges du Grand Concours national des jeunes scientifiques, quand ils auront Ergon entre les mains. Ils vont en tomber de leur chaise. Ils n'auront pas le choix de me nommer vainqueur de leur concours. À moi la bourse d'excellence pour le brevet d'invention! Ergon va tout éclabousser. Et JAB va tomber!

«JAB?» se demanda Sophia. Était-ce un objet ou une personne? En tout cas, à l'école, elle ne connaissait aucun élève qui portait ce prénom ou ce surnom.

Elle se hâta de lancer la traduction du paragraphe suivant, qui s'afficha quelques minutes plus tard en français:

12 janvier

Quelle bande d'imbéciles! Je n'arrive pas à y croire. Le CNRST a endommagé mon prototype. Résultat: j'ai dû me dépêcher de retourner à la maison pour en récupérer un autre. Une chance que j'en gardais un en réserve! Je suis allé le porter aussitôt, sans quoi j'aurais dû attendre un an pour soumettre de nouveau Ergon. Des excuses, oui, mais même pas la gentillesse de m'accorder un délai. De vrais incompétents! Et ç'a tout pris pour que la secrétaire me donne un reçu. On aurait dit que je la dérangeais...

Sophia découvrit d'ailleurs, à la page suivante, le reçu que Kristofer avait pris soin de numériser et d'insérer dans son journal.

L'adolescente consulta l'horloge de son ordinateur. Elle avait encore un peu de temps avant le début des cours de l'après-midi. Elle sauta au paragraphe suivant et commanda sa retranscription qui apparut à l'écran:

13 janvier

Ergon suscite déjà de l'intérêt, mais pas celui que je prévoyais. Un homme m'a appelé sur mon cellulaire pour me dire que mon projet risquait d'intéresser certaines entreprises. Sûrement quelqu'un de rattaché au CNRST. Il considère que le concours n'est pas la meilleure porte d'entrée pour moi, que je pourrais récolter des sommes bien plus importantes que la bourse d'excellence pour le brevet, à condition de céder mes droits sur la propriété

intellectuelle de mon projet. Sauf qu'Ergon n'est
pas à vendre. Je ne me suis pas privé pour le lui
dire. « En êtes-vous certain ? » qu'il a insisté. Je sais
qu'il y a une tonne d'ingénieurs dans le monde qui
rêvent un jour d'entendre cette phrase magique :
« Votre prix sera le mien. » Le problème, c'est que
des milliers d'excellents projets sont achetés par des
multinationales qui préfèrent pourtant ne jamais
les mettre en marché. Ce n'est pas le sort que j'en-
tends réserver à Ergon. Pas question de prendre le
risque de le voir remisé. Je n'ai pas travaillé pour
rien. Si quelqu'un doit payer, ce sera JAB. Et pas
un autre.

« JAB. Encore… », tiqua Sophia. Cette fois, il lui parut clair qu'il s'agissait d'une personne. Obnubilée par ce qu'elle lisait et enthousias- mée par l'efficacité du logiciel, elle négligea l'heure qui passait et lança une quatrième traduction :

14 janvier
Je ne sais pas ce qui arrive. C'est bizarre. C'est
sans doute moi qui imagine des choses, j'ai l'impres-
sion que quelqu'un me…

La bibliothécaire asséna trois petits coups sur la table à côté de Sophia qui, ne l'ayant pas entendue venir, sursauta.

— Qu'est-ce que tu fais encore là, toi ? La deuxième cloche a sonné !

— Je… oui, oui, j'y vais…, balbutia-t-elle.

La jeune fille quitta tous les programmes qu'elle avait ouverts, retira la clé USB, ferma son ordinateur, puis s'empressa de déguerpir.

Le 14 janvier… Cinq jours avant le meurtre de Kristofer. Son petit ami avait-il inscrit quelque chose dans son journal le jour de sa mort?

Debout sur le trottoir, Sophia fixait le grand édifice victorien qui abritait les bureaux du Centre national de recherches scientifiques et technologiques. Elle avait quitté les cours sur un coup de tête et mis le cap sur le West End. Le secrétariat de l'école appellerait sa mère et lui demanderait de justifier son absence. Julie Brunelle, dans son petit salon de coiffure de la 157e Rue, enragerait. La soirée s'annonçait pénible. La jeune fille jouait avec le feu.

— Mademoiselle? fit une voix d'homme près d'elle. Puis-je vous renseigner?

Sophia émergea de ses réflexions.

— C'est bien ici le Grand Concours national des jeunes scientifiques? demanda-t-elle.

— Oui, bien qu'il soit trop tard pour soumettre un projet. La date butoir était le 12 janvier dernier.

— À quel moment les noms des gagnants seront dévoilés?

— À la fin du mois prochain.

Elle esquissa un sourire énigmatique.

— Et vous êtes ?

— Paul Szabo, coordonnateur du concours.

— Je suis certaine que Kristofer Gunnarsen va l'emporter sur les autres candidats avec son Ergon !

L'économiste se crispa en entendant le nom du jeune inventeur norvégien tué dans l'explosion de sa voiture.

— Mais… il…

Elle comprit son embarras et enchaîna à sa place.

— Des gloires posthumes, ça arrive, vous savez.

— Certainement, dans la mesure où…

— C'était son rêve de libérer les consommateurs de l'obsolescence programmée.

Son intervention la décontenança elle-même, surtout l'aplomb avec lequel elle l'avait émise. Szabo soupira en levant les yeux au ciel.

— Vous n'avez aucune idée de ce que vous dites, mademoiselle. Croyez-moi, l'obsolescence programmée est une bénédiction sociale. Si le consommateur parvient à combler l'ensemble de ses besoins et qu'il n'achète plus, la croissance économique s'arrêtera. Dans ce cas, nous ferions face à une augmentation draconienne du taux de chômage, un accroissement inégalé de l'écart entre les pauvres et les riches. Le pouvoir d'achat des plus défavorisés deviendrait quasi nul ; l'État ne serait plus en mesure de maintenir la gratuité de ses programmes sociaux, éducatifs, culturels et environnementaux. L'obsolescence programmée, mademoi-selle, assure un minimum de qualité de vie. La croissance économique représente la solution, pas le problème.

L'argumentation de Szabo se situait aux antipodes de celle d'Agnès de La Coulonnerie. Sophia eut du mal à déterminer laquelle des deux positions était la meilleure pour la société.

— Je crains donc, reprit Szabo, qu'Ergon ne soit pas béni des dieux. Et puis, de toute façon, il ne gagnera pas parce que...

Il baissa la tête, visiblement mal à l'aise.

— Parce que quoi ? Ne me dites pas que vous l'avez disqualifié parce qu'il est mort !

— Plutôt parce qu'il n'a pas été en mesure de nous remettre un deuxième prototype après qu'un de nos techniciens a abîmé le sien.

L'adolescente jaugea l'homme en plissant le front. Elle tenta de conserver son sang-froid en dépit de ce qu'elle avait appris grâce au journal de Kristofer.

— En êtes-vous bien certain, monsieur ?

Le coordonnateur du concours se rappela ses conversations au sujet d'Ergon avec la nouvelle secrétaire, puis avec William Fraser, le directeur général du CNRST. La manière dont on l'avait tenu à l'écart des décisions prises dans le dossier Gunnarsen lui restait encore en travers de la gorge.

— Oui, affirma-t-il, lui qui n'avait aucune raison de douter de la parole de son supérieur. Bonne journée, mademoiselle.

Il la salua et remonta l'allée jusqu'à l'entrée du centre. Sophia riva son regard au dos de Szabo qui disparut au-delà de la porte vitrée. Elle grimaça. Elle n'aimait pas les menteurs. Ni les tricheurs. Et celui-là, avec sa tactique d'évitement et sa politesse un peu méprisante, ressemblait à l'un d'eux.

Le reçu que Kristofer avait numérisé… Elle aurait dû l'imprimer et lui rabattre son caquet, à celui-là !

Michelle avait beau la chercher partout dans l'école, Sophia n'était nulle part. Personne ne l'avait vue. Elle tentait de la joindre sur son cellulaire, sans succès. Elle avait besoin de lui parler. Elle regrettait la façon dont elles s'étaient quittées la veille. Elle n'en avait d'ailleurs presque pas dormi de la nuit.

Le journal de Kristofer. Une invention avec un nom mystérieux. Son désir de vengeance. Sa mort dans une explosion criminelle…

L'esprit bouleversé de l'adolescente reliait sans cesse ces faits entre eux. Elle éprouvait le besoin de se confier. À Sophia ou à n'importe qui d'autre.

Elle repensa au service d'aide psychologique, mis en place au début de la semaine dans le local de pastorale. Des intervenants expérimentés, tenus au secret professionnel. Cela sonnait bien à ses oreilles. Jusque-là, peu d'élèves s'étaient prévalus du service. Elle avait d'ailleurs entendu dire que le directeur ne comptait pas le renouveler la semaine suivante. Elle se dépêcha donc de s'y rendre.

Michelle franchit la porte grande ouverte de la salle. Une intervenante dans la trentaine, café à la main et sourire aux lèvres, l'accueillit en l'invitant à s'asseoir.

La jeune fille s'installa à un pupitre. La psychologue approcha une chaise de l'adolescente, but une gorgée de son café et attendit. Elle ne bouscula pas l'élève par des questions abruptes ou directes. Elle la laissa maître de raconter ce qu'elle avait sur le cœur, de choisir ses propres mots. Les secondes s'égrenèrent. Michelle gardait le silence. Avait-elle pris la bonne décision ? Elle s'apprêtait à dévoiler un secret qui ne lui appartenait pas. Au fond, il n'appartenait pas davantage à Sophia. Cette dernière réflexion la persuada du bien-fondé de sa démarche. Alors, elle se lança.

L'intervenante écouta, captivée par le récit étrange qu'on lui faisait. Depuis le début de la semaine, elle avait reçu si peu de confessions qu'elle avait négligé de refermer la porte du local. Malgré la voix feutrée de Michelle, quelqu'un posté près de l'entrée entendait sans difficulté le moindre détail de ses confidences.

— Pourquoi avoir menti ?

— Je vous ai dit la vérité, assura Philippe.

— Dans ce cas, que fais-tu de ça ?

L'inspecteur Duquette fit signe à son collègue qui brandit le téléphone intelligent du garçon. Celui-ci haussa les épaules, cherchant à comprendre où il voulait en venir.

— Mes collègues de l'informatique l'ont examiné et ont mis la main sur des informations intéressantes.

L'adolescent se laissa choir sur son lit. Il s'adossa au mur, les mains derrière la tête.

— Ce rendez-vous avec Kristofer, lui rappela l'enquêteur, j'aimerais que tu m'en parles un peu plus.

— Il y avait un bout de papier dans mon casier à l'école, vendredi. Ça disait d'aller au vieux pont, à 23 heures 30. Il y avait son nom. C'est tout.

— Tu en es sûr ? insista Duquette.

Philippe n'appréciait pas la visite-surprise des policiers ni le ton ambigu des questions. Après un deuxième signe de tête de l'inspecteur, l'assistant de ce dernier appuya sur quelques touches de l'appareil et le tendit au garçon qui perdit peu à peu contenance. Ses yeux papillotèrent d'incrédulité. Il relut trois, quatre, cinq fois le texto qui apparaissait sur l'écran minuscule.

Je sais ce que tu fais dans ton labo et pourquoi tu le fais.

Viens ce soir à 23 h 30, au vieux pont de l'Est.
Phil

D'après ce qu'il voyait, c'était lui, Philippe Mandeville, qui avait envoyé ce message à Kristofer Gunnarsen, le jour de sa mort.

— C'est du délire! s'exclama-t-il, bondissant sur le lit pour attraper l'appareil.

— Tut, tut, tut! dit le collègue de Duquette, déjà hors de portée avec la pièce à conviction.

— Je n'ai jamais envoyé de message à Kris! se défendit-il avec vigueur.

— Comment expliques-tu qu'il figure dans ta messagerie? répliqua l'inspecteur, l'air menaçant.

— Je..., balbutia le suspect, abasourdi à l'idée que cette preuve puisse se révéler fatale. C'est lui qui m'a demandé d'aller là-bas. Pas moi!

— Si tu veux que je te croie, tu dois me montrer ce bout de papier!

Philippe faillit s'étrangler avec sa salive. Il chercha dans sa mémoire ce qu'il avait fait du message. Il avait beau tenter de remettre en ordre le fil des événements du vendredi précédent, il n'avait pas la moindre idée de ce qu'était devenue la fameuse invitation de Kristofer.

— Au vieux pont, Kris était fâché, se souvint-il. Il n'arrêtait pas de me parler d'Erkone ou de je ne sais plus quoi. Il m'accusait de l'avoir espionné. Il voulait savoir ce que je comptais faire. Il croyait que j'avais l'intention de mettre quelqu'un au courant. Un certain JAB, je crois. Il m'accusait de vouloir lui proposer mon silence en échange d'un paquet d'argent. Puis, il s'est mis à me traiter de dégueulasse, de pervers. À ses yeux, j'avais tous les vices. Je ne comprenais rien à rien et j'en avais assez entendu comme ça. Je suis parti. Je vous jure, inspecteur. Je… je ne sais pas ce que ce texto fait dans mon téléphone. Ce n'est pas moi. C'est…

Le jeune suspect s'interrompit. Un détail lui revint soudain à l'esprit: le vendredi de la tragédie, après le deuxième cours du matin, dans le brouhaha des corridors, il avait senti son téléphone glisser de sa poche et tomber par terre. Après le passage de la multitude d'élèves, il ne l'avait pas retrouvé. Ensuite, à proximité des casiers, un garçon qu'il n'avait jamais vu auparavant le lui avait rapporté. «Tiens, c'est à toi, je pense», lui avait-il dit. Trop heureux de remettre la main sur son cellulaire, Philippe l'avait remercié, et chacun s'était éloigné de son côté.

— C'est quelqu'un d'autre…

Son visage se referma. Pourquoi? Pourquoi lui aurait-on joué un mauvais tour? Et qui était donc cet élève? À bien y penser, l'inconnu avait plutôt l'air d'un jeune professeur. Peut-être un remplaçant.

— Je n'en crois pas un mot! riposta Duquette. Tu es assigné à résidence jusqu'à nouvel ordre…

Sophia retira ses bottes avant de monter l'escalier à pas de loup. Il ne lui restait que quelques marches à gravir lorsque deux pantoufles apparurent dans son champ de vision. Sur le palier, son grand-père la surplombait, les poings sur les hanches.

— Veux-tu bien me dire où tu étais?

L'adolescente n'avait pas de raison valable pour justifier son absence de l'école. Et Julie Brunelle allait sûrement surgir d'une seconde à l'autre pour la crucifier au mur.

— Tu peux me parler, So, fit l'homme en lui touchant l'épaule. Je sais que ces dernières années n'ont pas été faciles et que tu traverses un autre moment pénible, mais... Ne garde pas tout ça dans ton cœur. Je suis là.

— Et maman? s'enquit-elle.

— Elle était tellement en colère qu'elle a préféré que je sois là à sa place quand tu reviendrais.

Sophia opina par à-coups.

— Dis quelque chose, ma chérie. Je t'en prie. Elle s'inquiète. Et moi aussi.

— Pas tout de suite, murmura-t-elle.

— Les choses ne peuvent pas continuer de cette façon, So...

La jeune fille monta les dernières marches, embrassa son grand-père au passage et s'enferma dans sa chambre.

Elle alluma son ordinateur et inséra la clé de Kristofer dans le port USB. Les dernières modifications apportées au fichier Ergon dataient du 19 janvier. De deux choses l'une : ou son petit ami avait écrit un commentaire dans son journal le jour de sa mort, ce qu'elle découvrirait bientôt, ou il avait enregistré la clé ce jour-là. Il était sans doute venu ensuite lui porter le périphérique à l'école sans se faire voir. Non seulement pour glisser la clé dans son sac, mais aussi pour déposer l'invitation au rendez-vous de ce soir-là dans son casier.

Pourquoi n'avait-il pas placé les deux objets au même endroit ?

Pensive, Sophia ouvrit le fichier Ergon. Elle fit défiler les pages une à une. Elle retrouva, vers la fin du document, la numérisation du reçu du CNRST. Il était daté du 12 janvier et portait les initiales GB. Paul Szabo, le coordonnateur du concours, lui avait bel et bien menti. Elle en possédait la preuve.

Les doigts de la jeune fille pianotèrent sur son bureau, tandis que son regard bifurquait vers la carte professionnelle de l'inspecteur Duquette.

9

DANS LES PLATES-BANDES
DE LA POLICE

Vendredi 26 janvier...

Philippe Mandeville enrageait. Quelqu'un l'avait piégé en transmettant à Kristofer un message avec son propre téléphone. Mais qui? Et surtout, pourquoi voulait-on lui faire porter le chapeau de l'attentat contre son camarade de classe? Cela lui échappait complètement.

Sa sœur entra dans la chambre, les cheveux mouillés, une serviette de bain enroulée autour d'elle.

— Qu'est-ce que tu vas faire aujourd'hui?

Les policiers de la Cité obligeaient le garçon à rester en permanence dans l'appartement. Deux d'entre eux montaient la garde, l'un dans une voiture garée dans la rue, l'autre posté près de la sortie de secours de l'immeuble. Outre regarder les émissions de cuisine du matin et les feuilletons de l'après-midi, il n'y avait pas grand-chose à faire, à part écouter de la musique.

— Je vais à l'école, même si ce n'est peut-être pas une bonne idée, annonça Catherine en s'habillant, à peine cachée derrière la porte de la garde-robe.

Les nouvelles couraient vite et ne plaidaient pas toutes en faveur de l'innocence de son frère. Des élèves ne se priveraient sans doute pas de la bombarder de questions et, pourquoi pas, d'en faire la complice de son jumeau. Elle se considérait toutefois comme une dure à cuire. Elle saurait se défendre.

— Cath? émit soudain le garçon d'une voix brisée.

Elle mit un chandail et vint s'asseoir près de lui, sur le lit.

— Oui, je te crois, affirma-t-elle, percevant avec aisance les préoccupations et les tracas de son frère. Tu n'as rien fait de mal. Je le sais, moi. Je le sens ici.

Il secoua la tête, perdu dans ses pensées.

— Je crois qu'on s'est servi de moi, Cath, laissa-t-il tomber, dévasté par cette hypothèse effrayante. Mon essai, mes disputes avec Kris, mon téléphone, l'explosion… Quelqu'un en a profité.

Il se leva et arpenta l'espace entre les deux lits de la petite chambre.

— Vendredi, à l'école, un gars m'a rapporté mon téléphone après que je l'ai perdu. Même si ça n'a duré que quelques secondes, c'était suffisant pour texter. L'heure d'envoi coïncide avec celle de la fin de la deuxième période. Sauf que sur le coup, je n'ai pas pensé à vérifier si on avait utilisé mon cell.

Catherine se crispa.

— Comment il était, ce gars?

— Je ne l'avais jamais vu à l'école avant. Ça devait être un jeune remplaçant. Un châtain avec des lunettes miroir remontées sur sa tête et un blouson de cuir style aviation. Très... beau. Avec une petite cicatrice à la lèvre.

L'adolescente faillit s'étrangler. La description correspondait en tout point à ce Jonathan dont elle avait fait la connaissance quelques jours à peine avant la mort de Gunnarsen. Cette fois, son esprit fit tilt. Il ne pouvait y avoir d'erreur. C'était lui, le bel inconnu qui se cachait derrière le drame vécu par les Mandeville.

Comme elle aurait dû se méfier de l'argent gagné sans effort! N'était-ce pas elle qui, au début du mois, avait dit à son jumeau que l'argent ne faisait pas le bonheur? Bien que rongée par la frustration, la colère et surtout la culpabilité, elle ne voulait, ne pouvait rien avouer à son frère.

Elle s'était trompée. Elle avait commis une gaffe monumentale. Pour une stupide question de billets de banque. Parce qu'elle n'en pouvait plus de la médiocrité de sa vie, de leur appartement misérable. Parce que l'espace d'un instant, elle avait cru qu'elle pourrait changer son sort. Le mal était consommé. Elle se tenait désormais aux portes d'un enfer dont elle avait en quelque sorte elle-même réglé l'intensité des flammes. Il fallait qu'elle retrouve celui qui, de toute évidence, était à l'origine de cet imbroglio. Et sans délai. Le salut de Philippe en dépendait.

Tentant de conserver son sang-froid, Catherine se tourna vers le miroir pour se maquiller. Même si Philippe perçut son trouble, il était loin de se douter que les problèmes qu'il vivait découlaient en grande partie de la trahison de sa propre sœur.

— Tu n'es donc pas au courant de ce que Kris tramait dans son labo, insinua-t-elle en se lissant les cheveux pour les nouer en queue de cheval.

— Comment voudrais-tu ? Il ne m'a jamais invité chez lui…

— Alors, tu ne sais rien au sujet d'un projet qu'il appelait Ergon ?

L'adolescent vint se camper près de sa sœur. Ils se reflétaient, l'un à côté de l'autre, dans le grand miroir pendu à la porte de la chambre. Ils se ressemblaient beaucoup.

— Comment tu as appris ça, toi ? la questionna-t-il, un brin méfiant.

Catherine se souvenait de chaque mot prononcé par Michelle Bernard, puisqu'elle avait pu écouter à son insu les aveux de la jeune fille pendant que celle-ci se trouvait dans le local de pastorale.

— Il y a des rumeurs qui circulent, répondit-elle d'un air évasif qui attisa encore plus la curiosité de son jumeau.

14 janvier

Je ne sais pas ce qui se passe. C'est bizarre. C'est sans doute moi qui imagine des choses, mais j'ai l'impression que quelqu'un me suit. J'ai vu quatre fois le même homme, aujourd'hui. À des endroits différents. D'abord dans le bus, puis à la patinoire, quand j'y étais avec Sophia, au café, et près de la maison. Quelle est la probabilité pour que de telles rencontres se produisent à quatre reprises en moins de 24 h ? Faible, j'en suis certain. Quand j'ai éteint la lumière pour me mettre au lit, je l'ai encore aperçu par la fenêtre de ma chambre, de l'autre côté de la rue. Je suis resté un moment à l'observer, derrière le rideau. Il est parti au bout d'une minute. Qui est-il ? Que me veut-il ? Devrais-je appeler la police ?

15 janvier

Aujourd'hui, Sophia et moi, on a failli se faire écraser par une voiture. J'ai d'abord cru à un simple incident, du genre c'était glissant et l'automobiliste n'a pas pris toutes les précautions pour stopper à temps. Je me serais contenté de cette hypothèse si Sophia n'avait pas été là. Elle était vraiment hors d'elle. Elle m'a fait remarquer qu'il n'y avait pas de glace sur la route, que le chauffeur roulait au-delà de la limite permise, qu'il n'a jamais tenté de freiner, qu'il ne s'est pas non plus arrêté, histoire de s'assurer qu'on allait bien. Ça m'a fait réfléchir. Et j'y pense encore, là. Je ne sais pas quoi en déduire. Je commence à avoir peur...

16 janvier

Était-ce un troisième incident, un troisième avertissement? Une fraction de seconde de plus et je tombais droit sur les rails, sous les roues de la rame de métro. Je l'avais vu du coin de l'œil, le gars qui m'a bousculé. Il portait un blouson de cuir style aviation et, avec ses lunettes miroir sur le nez, il avait l'air louche. J'ai reculé juste à temps. Je l'ai cherché des yeux, après, mais il avait filé. Il y avait beaucoup trop de monde sur le quai...

— Qu'est-ce que ça veut dire? laissa échapper Sophia.

Passant la tête par la porte entrebâillée, sa mère lui rappela que l'autobus allait bientôt arriver. Puis, elle remarqua:

— Tu travailles le matin avant d'aller en classe... C'est nouveau, ça?

L'adolescente ne releva pas la pointe de reproche. Elle rangea ses affaires, se prépara pour sortir et fonça vers l'arrêt du bus scolaire.

Moins d'une heure plus tard, tandis qu'elle arpentait d'un air soucieux les couloirs achalandés de l'école, une main se posa sur son épaule. Elle lâcha un petit cri de stupeur.

— Ça va, So?

Le visage de Michelle surgit devant ses yeux hagards.

— J'ai failli mourir de peur, bredouilla-t-elle, le souffle coupé.

Michelle se serra un peu plus contre son amie, et elles poursuivirent leur route ensemble.

— As-tu continué ta lecture du journal de Kris?

Sophia ne répondit pas.

— Je ne crois pas que tu devrais, So...

— Ce que je fais ou non ne regarde que moi, rétorqua-t-elle. Oh et, en passant, je ne pourrai pas manger avec toi, ce midi. J'ai des tonnes de rattrapage.

Les deux amies se dirent au revoir et se séparèrent, chacune se dirigeant vers son premier cours de la matinée.

Michelle s'apprêtait à regagner le local de musique quand l'inspecteur Duquette lui bloqua le passage.

— Tu es bien Michelle Bernard, l'amie de Sophia Brunelle?

— Oui, finit-elle par répondre après une déglutition pénible.

— J'aimerais m'entretenir avec toi. Ça ne sera pas bien long.

La jeune fille le suivit, terrorisée de constater que le service d'aide psychologique avait dû communiquer avec le directeur qui, lui, avait certainement informé les policiers. «Bravo pour le secret professionnel!» pesta-t-elle en son for intérieur. L'enquêteur l'escorta jusqu'au local de pastorale. Devant eux, les gens se séparaient afin de les laisser passer. Parmi eux, madame de La Coulonnerie recula elle aussi d'un pas, le regard rivé sur l'inspecteur.

À l'heure du dîner, Sophia retourna à la bibliothèque. Elle était impatiente de poursuivre la traduction et la lecture du journal de bord de Kristofer.

17 janvier

Le gars de l'autre jour m'a rappelé. Ses employeurs sont disposés à me remettre une véritable mine d'or. Grâce à elle, ma famille et moi, on serait à l'abri des soucis financiers pour le reste de nos jours. Je l'ai envoyé promener. Il a eu le culot de me dire que je pourrais le regretter. Alors, j'ai compris. La filature, la voiture, le métro… c'était lui. Ou plutôt à cause de lui ! Je l'ai menacé d'appeler la police et le CNRST pour leur dire qu'il y avait des fuites dans leur système de confidentialité. Il m'a ri au nez. « Nous ne sommes pas dans un film d'espionnage » qu'il a rétorqué. Il m'a assuré que c'était sa dernière offre. Je lui ai dit d'aller se faire voir.

18 janvier

Qu'est-ce que je fais ? J'appelle les policiers et le CNRST ? J'ai passé la nuit à me poser la question. Je n'ai pas envie de voir Ergon confisqué comme preuve dans une enquête policière ni de me mettre le centre à dos, ce qui entraînerait peut-être la disqualification de mon travail. Dans les deux cas, mon projet de vengeance serait différé dans le temps et je ne le veux pas. J'ai assez attendu. Je vais néan-moins protéger Ergon. Jusqu'à présent, je ne voulais pas mêler Sophia à cette histoire. Je l'aime trop pour la mettre en danger, mais je n'ai plus le choix. J'ai une confiance absolue en elle. Je vais numériser mes notes et lui remettre une copie d'Ergon...

L'adolescente plaça la main droite sur son cœur. Kristofer l'avait aimée au point de la choisir comme dépositaire de son secret. Même s'il n'était plus là, il pouvait compter sur elle. Elle ne le décevrait pas.

— Que sais-tu du projet Ergon?

— Rien.

— Ce n'est pas ce que ton amie Michelle Bernard prétend.

La panique envahissait Sophia au fur et à mesure que les secondes s'écoulaient. Son cœur battait la chamade autant que si elle venait de courir. La présence de Sarto Duquette chez elle, quand elle-même n'y était revenue que depuis une quinzaine de minutes, la perturbait au plus haut point.

— La clé en ta possession constitue une preuve dans mon enquête, Sophia, déclara l'inspecteur d'une voix douce, quoique ferme. J'en ai besoin pour découvrir ce qui s'est passé. Est-ce que tu comprends?

Elle acquiesça, au bord des larmes.

— Dis-moi où elle est, s'il te plaît.

Les deux policiers plantés devant la porte de la cuisine s'impatientaient. Les méthodes humanistes de l'enquêteur les rebutaient. Selon eux, elles relevaient de la sensiblerie. Duquette agissait toujours de la sorte quand des mineurs étaient impliqués dans une affaire. Il était hors de question de les brusquer ou d'exacerber leur désarroi par une attitude arrogante. Grâce à sa patience, il finissait par obtenir ce qu'il convoitait. Parfois, cependant, il se voyait obligé d'accélérer le processus, au grand dam des jeunes témoins.

— Sophia, insista-t-il sans s'énerver, j'aimerais que tu me la donnes.

L'adolescente refusa. C'était à elle que Kristofer avait confié la clé USB. Ni aux autres ni à la police. Malgré les circonstances nébuleuses entourant la mort de son petit ami, elle ne voulait pas trahir sa volonté. Elle l'aimait encore beaucoup trop. Peut-être même plus qu'avant. Le support de stockage représentait tout ce qui restait de lui. Elle tenait à cet héritage comme à la prunelle de ses yeux.

— Je vais devoir perquisitionner, petite, la prévint Duquette.

Il s'attendait à ce que Sophia s'oppose, à ce qu'elle change d'idée. À la place, elle se contenta de baisser la tête. L'inspecteur se tourna vers ses collègues et leur fit signe de procéder.

La jeune fille ne bougea pas. Elle ne pensait plus qu'à la colère que manifesterait sa mère à son retour à la maison. Celle-ci ne lui pardonnerait pas cet affront supplémentaire. Elle détesterait sûrement encore plus Kristofer.

Cette triste éventualité ne parvint cependant pas à convaincre Sophia de renoncer aux responsabilités que lui avait confiées son petit ami.

Elle ne l'avait vu que trois fois. Entre le 12 et le 17 janvier, si sa mémoire était bonne. D'abord au centre commercial, puis dans l'autobus, enfin près de l'école. Elle ne connaissait pas grand-chose à son sujet. Il s'appelait Jonathan et fréquentait l'université. Était-ce bien la vérité ?

Ce dont elle était certaine, c'était qu'il était beau. Il avait une allure à la Jimmy Dean, avec une petite cicatrice à la lèvre. Vraisemblablement, s'approprier le travail d'un autre ne lui donnait pas mauvaise conscience, sans compter qu'il se disait prêt à dépenser une somme rondelette en vue de se l'offrir.

Catherine Mandeville fulminait. Elle ne voyait pas de quelle manière elle réussirait à recontacter ce Jonathan qui l'avait menée en bateau.

— C'est à cause de moi, toute cette histoire ! gémit-elle, pleine de rancœur.

Détectant que quelque chose tracassait sa sœur jumelle, Philippe se planta à côté d'elle.

— Il faut qu'on se parle, décréta-t-il, les bras croisés sur sa poitrine.

Sa sœur l'accueillit d'un sourire nerveux.

— De quoi? fit-elle d'une voix sourde.

— De l'argent.

— Quel argent?

— Ne fais pas l'innocente, Cath.

Elle l'ignora, occupée à défaire son sac d'école sur son lit.

— Tu l'as volé?

— N'importe quoi! riposta-t-elle, le nez plongé dans son agenda.

Depuis le début de l'automne, Catherine se montrait mystérieuse. Il ne la comprenait plus aussi facilement qu'avant. Le lien spécial qui les unissait commençait à s'émousser. Elle ne se confiait plus autant que par le passé. Il s'ennuyait d'elle.

— Tu as fait le trottoir ou quoi?

— Ce que tu peux être con! Non… non.

— Alors, d'où vient l'argent que tu m'as donné pour fuguer, hein?

— Ce ne sont pas tes affaires, Phil.

Il lui attrapa le bras et la força à le regarder.

— Le comment n'a pas d'importance, mentit-elle, moins vantarde, en se dégageant de la prise.

— Et le pourquoi, lui?

Les paupières de l'adolescente cillèrent. Ses yeux se remplirent de larmes. Son frère ne pouvait pas comprendre. Personne ne pouvait imaginer ce qu'elle vivait, ce qu'elle éprouvait.

Catherine Mandeville se sentait seule au monde avec ses sentiments et ses désirs tourmentés, nés en elle sans prévenir, défiant toute logique ou morale.

Ingrid Gunnarsen ne tenait plus en place. Ses mains s'affolaient. Son regard bondissait sur les objets. Son cœur battait à tout rompre. Ses pensées chaviraient, amplifiant son vertige.

Partir. Fuir. Pour de bon. Mourir, peut-être. Comme son fils. Redevenir poussière. Rien de plus facile. Ouvrir le flacon de médicaments, avaler les comprimés un par un, arroser le tout d'une bonne rasade d'alcool, s'étendre et laisser la chimie faire son œuvre dans son corps. Combien de temps le cocktail mettrait-il avant de produire l'effet souhaité? Souffrirait-elle une dernière fois avant l'envolée finale?

Cet après-midi-là, elle se contenta de suivre la posologie prescrite par son médecin. Non par manque de force ou de courage, mais par amour. Pour Kristofer, pour Viktor. Aussi, elle endura cette forte et déplaisante impression de n'être là qu'à moitié, de ne vivre que parce que sa bouche s'ouvrait toute seule pour respirer l'air ambiant.

— Je n'aurais pas dû venir, s'excusa Sophia. Je vous demande pardon, madame Gunnarsen. Je… je m'en vais.

La femme ne perçut qu'une sorte de vrom-bissement. Elle ne comprit pas le sens des paroles de l'adolescente. Elle s'écrasa dans le divan du salon, exhala un long soupir. Sa poitrine s'affaissa, s'immobilisa deux ou trois secondes, avant de recommencer à se soulever avec de légères saccades. Un tremblement agi-tait sa main droite, pendue dans le vide au-dessus du tapis.

— J'y vais…, murmura Sophia.

Les mots retentirent dans le vide. À quoi l'adolescente avait-elle pensé? Pourquoi trou-bler davantage la mère d'un fils mort? Parce qu'elle était la petite amie de celui-ci?

Sophia quitta la maison des Gunnarsen. Dans la rue, en route vers l'arrêt d'autobus, elle se repassa le bref entretien dans sa tête. Dès qu'elle avait prononcé les mots *Ergon* et *JAB*, la Norvégienne lui avait paru frappée d'une sorte d'hystérie ponctuée de phrases dans sa langue d'origine.

L'adolescente s'en voulut. «Je n'avais pas le droit», se répétait-elle. Elle piétina la neige afin d'oublier la morsure du froid. L'autobus du service de transport en commun de la Cité se présenta au tournant de la rue. Le véhicule de la ville était toutefois précédé par une voiture qu'elle reconnut immédiatement, celle de l'inspecteur Sarto Duquette. Ce dernier était-il à bord? À l'évidence, il se rendait chez madame Gunnarsen dans le but d'y poursuivre son enquête. Celle-ci lui parlerait à coup sûr de la visite de la petite amie de son défunt fils.

À cette perspective, Sophia tourna le dos à la rue. Elle remonta le col de son manteau et se cacha le nez dans son écharpe de laine. S'il l'apercevait, l'homme tenterait une fois de plus de lui soutirer la clé USB de Kristofer et de savoir où elle avait caché son ordinateur portable. La voiture de Duquette roula devant elle sans s'arrêter. La jeune fille se dépêcha ensuite d'étirer le bras pour faire signe au chauffeur du bus. Le gros véhicule pila, glissa sur la glace et finit par s'immobiliser à temps.

— Allez-vous-en! cria-t-elle entre deux sanglots. J'en ai assez de toutes ces parades…

Ingrid Gunnarsen donna un coup de poing dans un coussin du divan. Faisant fi de l'éthique professionnelle de son métier de limier, l'inspecteur Duquette décida de ne pas se cantonner dans une attitude indifférente au malheur de la femme. Il s'approcha, lui présenta un mouchoir en papier. Elle l'accepta et se moucha.

— De quelles parades parlez-vous?

— De mon ex, de vous, de la petite Brunelle… Je vous en supplie. Arrêtez de défiler chez moi. Surtout pour me poser la même question à propos de… d'un projet nommé Ergon.

Quand l'enquêteur avait croisé le dénommé Alvestad-Beck, deux jours plus tôt, celui-ci avait prétendu n'avoir d'autre intention que celle de présenter ses condoléances à son ex-femme. Il n'avait pas soufflé mot à propos de l'invention de Kristofer. Sophia Brunelle, elle, connaissait l'existence d'Ergon. Elle seule pouvait désirer en savoir plus à son sujet. L'adolescente était-elle en train de jouer dans les plates-bandes de la police ? « Petite chipie, va ! » grogna Duquette. Il acceptait mal qu'elle ait une longueur d'avance sur lui.

Il jeta un coup d'œil à sa vieille montre de poche, une Marathon ornée d'une locomotive en relief qu'il devait remonter lui-même. Il grimaça. Il n'avait pas prévu d'effectuer une deuxième halte au domicile des Brunelle, et l'heure passait. Il lui faudrait bientôt rentrer chez lui où un souper avec sa femme et sa fille l'attendait.

— Qu'avez-vous répondu à Sophia ?

La fébrilité animait tant la femme qu'elle ne s'aperçut pas qu'il venait de réduire la liste des suspects à un seul.

— Absolument rien ! explosa Ingrid Gunnarsen, au bord de la crise de nerfs, puisque je ne sais rien !

D'une main frémissante, elle attrapa une cigarette qu'elle alluma.

Sarto Duquette demeura songeur. Quelque chose ne collait pas dans l'attitude d'Ingrid Gunnarsen. Elle, si calme et maîtresse d'elle-même au lendemain de la mort de son fils aîné ; elle, si paniquée depuis quelques jours. Il avait l'impression de se trouver en présence de deux femmes différentes. Et il refusait de croire que ce soudain changement provenait d'un choc post-traumatique.

10

L'INFORMATION
AU COMPTE-GOUTTES

Samedi 27 janvier...

Un petit génie mis hors circuit. Une explosion de voiture. Une invention mystérieuse du nom d'Ergon, dont l'existence restait encore à prouver. Un suspect qui aimait la victime et qui avait produit une rédaction sur les explosifs. Le même suspect, évanoui dans la Cité tout de suite après le meurtre, qui avait donné rendez-vous à la victime sur les lieux et à l'heure du crime. Un témoin oculaire en la personne de la petite amie de la victime, qui retenait des informations et s'entêtait à ne pas collaborer. Une perquisition à son domicile qui n'avait rien donné...

«Bilan décevant», déplora Sarto Duquette tout en réfléchissant à l'affaire en cours. Après une semaine d'enquête, les choses n'avançaient pas assez à son goût. En dépit de certains faits accablants qui convergeaient vers Philippe Mandeville, il lui paraissait trop facile de procéder à une inculpation officielle de meurtre avec préméditation.

L'inspecteur n'avait pas besoin de soumettre le garçon à un détecteur pour s'assurer qu'il ne mentait pas. Ce qui n'empêchait pas le suspect de cacher des faits. Le plus urgent, aux yeux du policier, consistait à mettre la main sur la fameuse clé évoquée par Michelle Bernard, élément de preuve que, selon toute vraisemblance, Sophia Brunelle possédait.

— Encore un peu de thé?

La main droite de Duquette se figea sur la balle antistress et il considéra la secrétaire du département, une Asiatique d'une soixantaine d'années qui se coiffait à la geisha.

— Merci beaucoup, Suzie-Anh, dit-il.

La femme lui versa du thé au jasmin.

— Vous faites des heures supplémentaires?

— J'en avais pour la matinée seulement, déclara-t-elle. Histoire d'être à jour en revenant lundi au bureau. Je viens de terminer.

— Saluez votre mari pour moi.

— Je n'y manquerai pas. Bonne fin de semaine, Sarto.

Duquette se replongea dans le dossier qui le préoccupait quand une rumeur lui parvint. Par-delà la large fenêtre de son bureau donnant sur une pièce beaucoup plus vaste, où allaient et venaient des collègues à pied d'œuvre sur d'autres enquêtes criminelles, il remarqua Julie Brunelle et sa fille qui émergeaient de l'ascenseur. La première, empourprée de colère, tirait sur le bras de la deuxième qui obéissait à contrecœur. Un policier leur indiqua le bureau de l'inspecteur.

Ce dernier se leva pour les accueillir, déconcerté de les voir surgir à l'improviste. Madame

Brunelle le dévisagea elle aussi avec surprise. L'enquêteur portait un survêtement de jogging imprégné de cercles de sueur sous les bras. Après sa séance de mise en forme matinale, il avait bifurqué vers le quartier général du service de police au lieu de retourner chez lui.

Julie Brunelle se fiait souvent aux apparences, alors que Duquette tentait par tous les moyens de s'arracher à leur puissante emprise. À cet instant précis, il donnait une curieuse image de lui-même, même s'il était le meilleur élément du service.

— Ma fille néglige ses études au lieu de travailler pour ne pas couler son année. Vous l'a-t-elle dit ?

L'homme écarquilla les yeux, peu certain de comprendre pourquoi on le prenait ainsi à partie un samedi matin.

— J'ai essayé de la convaincre de vous donner cette fichue clé que vous cherchez, reprit la femme, la voix pleine de rage. Elle ne veut rien savoir. Une vraie tête de mule !

— Je me demande de qui je tiens ça, ironisa l'adolescente d'un ton agacé.

— Toi, tais-toi ! brama de nouveau sa mère, hors d'elle. Tu vas dire à l'inspecteur ce que tu sais et tu pourras ensuite te concentrer sur tes cours.

— Tu veux que je me taise ou bien tu veux que je parle ? Ce n'est pas clair, là !

Julie Brunelle jeta un regard assassin à sa fille. Sarto Duquette crut bon d'intervenir.

— Pourriez-vous nous laisser seuls, s'il vous plaît, madame ?

Furieuse et à bout de ressources, la femme sortit du bureau. L'enquêteur ferma la porte derrière elle et inclina les stores, pour plus d'intimité. Sophia sourit malgré elle, heureuse de voir sa mère déboutée. Le policier lui indiqua un siège. Lui s'assit sur le coin de son bureau et croisa ses bras.

— Serais-tu en train de mener ta propre enquête, par hasard ? s'informa-t-il de but en blanc.

— Que voulez-vous dire ?

— Non seulement tu retiens de l'information qui pourrait m'être utile dans la progression de mes démarches, ce qui en soi représente une entrave à la justice, donc un délit punissable par la loi…

Sophia se raidit. Ses coups de tête lui attiraient les foudres de sa mère. À présent, elle risquait celles du système judiciaire. Était-ce tout ce dont disposait l'inspecteur Duquette pour la forcer à collaborer ?

— … mais en plus, poursuivit-il, tu te rends au domicile des Gunnarsen pour poser des questions au sujet de l'invention de Kristofer.

À sa manière, oui, la jeune fille cherchait à comprendre. De là à envisager sa visite chez Ingrid Gunnarsen et sa question, restée d'ailleurs sans réponse, comme une sorte d'enquête parallèle, cela lui paraissait exagéré.

— Je n'ai pas envie de jouer à ce jeu-là avec toi, Sophia.

— Quel jeu ?

— Celui des menaces. Tu es plus intelligente que ça.

— Eh bien, vous le lui direz, grommela-t-elle en songeant à sa mère, de l'autre côté de la paroi.

Duquette se redressa, contourna son bureau et s'installa sur sa chaise pivotante.

— Comment vas-tu ?

La jeune fille haussa les épaules. Les émotions dansaient dans son cœur. Tantôt paisiblement comme une valse à trois temps bien réglée et prévisible, tantôt sur un mille-temps hystérique à la Jacques Brel. Sa vie allait en dents de scie.

— Tu sais, je comprends que pour toi la clé représente une sorte d'héritage que Kristofer t'a laissé, ajouta Duquette d'une voix paternelle. Ce qu'elle contient, nous pourrions le découvrir, le traduire et le lire ensemble. Qu'en penses-tu ?

Le plus sage consistait pour Sophia à obéir à l'inspecteur afin qu'il analyse les nouveaux éléments de preuve. Elle resta néanmoins sur son quant-à-soi, préférant garder pour elle seule le secret de Kristofer.

— J'ai besoin de savoir ce qu'est Ergon, continua l'enquêteur sans toutefois élever le ton. Pourquoi Kristofer voulait se venger et de qui? Ç'a peut-être un lien avec sa mort… Le sais-tu, toi?

Elle le regarda droit dans les yeux.

— Kris avait peur, céda-t-elle enfin. Il avait conçu quelque chose de révolutionnaire. C'est ça qu'il appelait Ergon. Dans son journal, enregistré sur la clé, il parle de vengeance, mais rien n'est clair. Il mentionne vaguement le passé…

«Le passé», répéta Sarto Duquette en lui-même. Un passé récent, depuis que Kristofer était arrivé au pays avec sa mère et son frère? Ou plus lointain, avant leur immigration?

— Grâce à Ergon, il voulait faire payer quelqu'un. Je ne sais pas qui.

— De quelle manière comptait-il s'y prendre?

L'adolescente hésita.

— Il a soumis son projet à un concours. Il espérait remporter la première place avec, en prime, la chance de breveter son invention. Sauf que…

Duquette, pendu aux lèvres de la jeune fille, s'avança sur le bout de sa chaise.

— Quoi, Sophia? Je t'écoute…

— Kristofer a reçu des appels d'un inconnu qui voulait acheter Ergon. Il a refusé et on dirait que c'est là qu'il a commencé à avoir peur. Des incidents étranges sont survenus. Lui et moi, on a failli se faire écraser par une voiture, quelques jours avant sa mort. Il pensait que ç'avait un lien avec le Centre national de recherches scientifiques et technologiques.

— Le CNRST? s'écria l'inspecteur, un peu ahuri par la déclaration. Voyons donc!

— Je suis allée au bureau du concours, jeudi.

L'enquêteur secoua la tête d'un air réprobateur. L'adolescente venait de lui fournir la preuve qu'elle tentait bel et bien de faire cavalier seule. Travailler sans filet et sans expérience préalable de terrain comportait sa part de risques. Surtout dans une affaire criminelle.

— J'ai rencontré un certain Szabo, enchaîna-t-elle. Ou quelque chose comme ça. Pour résumer, quelqu'un là-bas a brisé le prototype de Kris et il a dû en soumettre un autre, à la toute dernière minute, pour s'assurer de participer au concours. Ce Szabo a prétendu que Kris n'y était jamais retourné. Seulement, je sais qu'il ment.

— Comment peux-tu en être sûre? la relança le policier, impatient d'entendre la suite.

La jeune fille glissa la main dans la poche de son manteau, en sortit une feuille qu'elle déplia, sur laquelle était imprimé le fameux reçu du CNRST, daté du 12 janvier, une semaine exactement avant le meurtre de Kristofer.

— Je crois que ç'a un lien avec l'obsolescence programmée.

— Pardon? émit Duquette devant l'expression qu'il entendait pour la première fois de sa vie.

Sophia Brunelle venait d'engager l'enquête dans une direction pour le moins inattendue. Si les faits s'avéraient, Ingrid Gunnarsen et le jeune Mandeville n'étaient désormais plus les seuls suspects. La déposition de l'adolescente faisait soudain ressortir d'autres enjeux que la simple histoire de mœurs ou la mauvaise gestion financière. L'inspecteur ne comprenait pas encore quelle était l'implication du CNRST. Pour l'heure, il découvrait une troisième ficelle et ressentait la pressante envie d'en dérouler le dévidoir pour voir jusqu'où elle le mènerait. Il ne pouvait toutefois pas se permettre d'extorquer l'information au compte-gouttes. Il présenta sa paume à Sophia.

— Je dois prendre connaissance de ce journal, revint-il à la charge, plus déterminé que jamais. Donne-moi la clé.

La jeune fille se leva. Elle rajusta le col de son manteau et son écharpe, marquant ainsi son intention de partir.

— Que veux-tu prouver ? l'apostropha-t-il, alors qu'elle mettait la main sur la poignée de la porte. Ta témérité t'expose à des risques que tu n'es pas en mesure de calculer ou d'éviter, Sophia. Tu nages au cœur d'une histoire de meurtre. Ne l'oublie pas.

Elle haussa les épaules, ouvrit la porte et traversa la grande salle du quartier général, sa mère sur les talons.

L'enquêteur marmonna quelques mots de désapprobation. Il se dirigea vers un de ses subalternes, dans la vingtaine, qui effectuait des recherches sur son ordinateur.

— Je veux tout savoir sur un dénommé Szabo travaillant au Centre national de recherches scientifiques et technologiques.

Le jeune policier acquiesça et interrogea sur-le-champ la base de données du service de police de la Cité, reliée à celle du département de renseignement d'État. Sarto Duquette, lui, retourna dans son bureau. Avec cette nouvelle piste, il n'était plus question qu'il rentre chez lui. Aussi s'empara-t-il des vêtements de rechange qu'il gardait pour les situations d'urgence et alla-t-il prendre une douche dans les vestiaires du service.

Jonathan Spin grimaça. Il n'aimait pas annoncer à ses clients que la situation ne prenait pas ou tardait à prendre la tournure qu'ils espéraient. Il appréciait encore moins que ces derniers s'impatientent en attendant les résultats. Après avoir ignoré un premier texto, le jeune homme ne pouvait négliger le deuxième. Il appuya sur une touche afin d'engager la conversation. À l'autre bout de la ligne, une voix contrariée entra aussitôt dans le vif du sujet.

— J'ai entendu dire que l'appât était toujours en liberté.

— Une liberté très restreinte, madame, se permit-il de préciser.

— Pourquoi la police ne procède-t-elle pas à son arrestation et à une inculpation formelle ?

— Je suis en train de vérifier.

En fait, Spin n'en avait aucune idée et n'avait rien examiné. Dans son métier, il savait toutefois que l'ignorance et l'inaction ne payaient pas. Et que leur étalage alarmait toujours les clients.

— N'avez-vous donc pas pris les dispositions nécessaires ? le questionna son contact outre-mer.

— En quelques jours à peine et avec une équipe réduite au minimum, j'ai pris celles qui pressaient le plus. Si vous m'octroyez vingt-quatre heures additionnelles, j'en prendrai d'autres.

— Vous les avez, Spin, accepta la femme. Ne me le faites pas regretter !

La ligne se coupa net. Le jeune homme posa son téléphone devant lui, sur la table de chevet de sa chambre d'hôtel. Il fixa longuement l'appareil. Dans cette histoire, un élément lui échappait.

Deux stratégies avaient été conçues et approuvées. La première n'ayant pas abouti, la seconde avait été mise en œuvre. Or, son dénouement tardait. Le compteur tournait, le temps filait, amoindrissant les chances de réussite. Quelle donnée avait-il négligée ? Quels élément ou interaction avait-il sous-estimés ?

Il ne parvenait pas à démêler les différentes parties de l'équation.

Sans contredit, il avait mal déterminé la valeur exacte des variables en présence. N'en allait-il pas toujours ainsi quand les inconnues des équations étaient des êtres humains? La vie se montrait infiniment plus complexe et imprévisible qu'une simple formule mathématique. Le facteur humain, voilà sur quoi cette opération achoppait. La responsabilité de l'échec lui incombait. Ainsi que le revirement total et positif de la situation.

Julie Brunelle surveillait l'heure à sa montre. Elle n'écoutait que d'une oreille distraite les propos de Baptiste Victorin, le directeur de l'école que fréquentait sa fille. Elle avait accepté de le rencontrer dans un petit café, après sa visite au poste de police, et désormais, elle le regrettait. Elle souhaitait partir.

— On dirait que les notes de Sophia ne vous intéressent pas.

— Si, au contraire. Toute cette histoire autour de la mort de son petit ami, ça ne l'aide pas.

Victorin en convenait. Les résultats scolaires de Sophia chutaient depuis son entrée au secondaire, quatre ans plus tôt. Compte tenu des circonstances, le pire était donc à prévoir. Le directeur ne savait plus quoi dire pour gagner la collaboration de la mère. Il soupira de découragement, ce qui agaça la femme.

— Que voulez-vous que je fasse ? protesta madame Brunelle, consciente du regard réprobateur qui pesait sur elle. Que je fonde en larmes ? Que je passe mes soirées à superviser ses devoirs ?

— Avec un peu d'amour et de compréhension…

— Je vous prierais de ne pas vous immiscer dans ma vie personnelle ! s'indigna Julie Brunelle en se levant d'un bond. Ça dépasse largement votre mandat, ça !

— Alors quoi ? s'impatienta Victorin. On la laisse redoubler ? Ou décrocher ? Et vivoter d'un emploi précaire à l'autre pour le reste de ses jours ? Sophia mérite mieux ! Elle a l'intelligence pour se rendre loin.

— L'intelligence ! se moqua la mère de l'adolescente. Cette qualité ne sert pas à grand-chose si elle ne va pas de pair avec le bon jugement.

À ses yeux, Sophia, à l'image de son père, en était dépourvue. Voilà du moins la conclusion à laquelle la femme parvenait.

Baptiste Victorin baissa le front.

— Je sais qu'on me voit comme une personne dure et égoïste, monsieur, ajouta-t-elle. En fait, je suis avant tout lucide. Ma fille carbure aux défis. Elle apprécie le fil du rasoir. Elle ne réfléchit pas aux conséquences. Elle vit dans l'instant présent. Pensez-vous que l'école peut rivaliser avec une enquête policière qui pique à ce point sa curiosité ? Ne voyez-vous pas que toute son attention se concentre sur la relation logique à établir entre des causes et des effets de nature criminelle ? Le programme scolaire ne sera jamais capable de stimuler autant Sophia, de lui procurer une aussi forte dose d'adrénaline. Mon amour et ma compréhension n'y peuvent pas grand-chose non plus !

Quelques clients du café s'intéressèrent à la discussion qui montait d'un cran. La coiffeuse pivota et sortit en coup de vent.

Chacun de leur côté, Julie Brunelle et Baptiste Victorin soupçonnaient que la situation ne se réglerait qu'avec la découverte du responsable de la mort de Kristofer. Là seulement, étaient-ils convaincus, l'intérêt de Sophia envers l'école pourrait renaître.

— Est-ce que tu m'en veux ?

— Je ne serais pas là, sinon...

Soulagée, Michelle donna une chaleureuse accolade à sa meilleure amie. Les deux jeunes filles rirent un moment avant de passer aux choses sérieuses : les devoirs et les leçons. Sophia espérait rattraper un peu de ce qu'elle avait négligé au cours de la semaine. Elles y consacrèrent une partie de l'après-midi. Madame Bernard leur offrit pour souper une lasagne accompagnée de vin rouge. Les deux adolescentes entamèrent leur soirée légèrement grisées. Éclats de voix, rires incontrôlables, taquineries sans conséquences. Sophia se sentait bien. Sa complicité avec Michelle lui donnait l'impression que rien n'avait changé, que le mal n'avait pas frappé à sa porte. Un répit de quelques heures. Elle n'en demandait pas plus.

Après avoir visionné des clips de musique et un film, elles se mirent au lit. Alors que les rayons de la lune éclairaient la chambre d'une faible lueur, Sophia et Michelle posèrent la tête sur l'oreiller, tournées l'une vers l'autre, sous la couette. Pendant une bonne heure, madame Bernard les entendit chuchoter. Puis, le silence envahit la maison et elles s'endormirent.

Une voix lointaine, mal définie, perça le mur de sa conscience. Sophia gémit, repoussant celui qui l'appelait. Le sommeil était bon; la détente, divine. Elle ne voulait pas ouvrir les yeux. La voix insista, se rapprocha et devint plus nette.

« Réveille-toi, So. »

Un accent familier qu'elle reconnaîtrait entre mille.

« Il y a quelqu'un dehors. Un homme te surveille… »

La jeune fille émergea de sa torpeur. Elle s'assit dans le lit.

— Kris ? exulta-t-elle. C'est toi ?

Le seul bruit qui lui répondit fut le vrombissement intermittent du réfrigérateur qui

reprenait dans la cuisine. L'adolescente soupira. Elle se trouva ridicule. Par chance, elle
n'avait pas réveillé son amie.

Tout était calme dans la maison des Bernard.
Le cadran numérique indiquait 23 heures 51.
À présent, 23 heures 52. Sophia se leva, s'étira
et bâilla devant la fenêtre. Son œil encore
endormi distingua une silhouette qui alla aussitôt se tapir derrière un arbre, en contrebas,
dans l'entrée du petit parc de quartier, de
l'autre côté de la rue. Elle regarda avec plus
d'attention. Rien ne bougeait. Elle remarqua
par contre que la lumière du lampadaire projetait une ombre difforme sur la neige, au pied
de l'arbre.

Un homme te surveille, l'avait-on mise en
garde dans son sommeil. Baissant les yeux,
l'adolescente vit un point lumineux rouge
osciller sur sa poitrine. Une cible. On la visait,
on la tenait en joue! Paniquée, elle recula d'un
bond. La lumière rouge la cherchait, balayant
les murs autour d'elle. Une puissante détonation explosa à ses oreilles et le point lumineux
devint une immense boule de feu qui l'avala.

Sophia se réveilla en hurlant, la main cris-
pée contre sa poitrine douloureuse, comme si
le tir de l'ennemi, aperçu dans son cauchemar,
l'avait bel et bien transpercée.

— Qu'est-ce qui se passe? demanda
Michelle, toujours entre deux eaux.

Sophia respirait avec difficulté. Le rêve lui
avait paru si réel qu'elle en avait mal au plexus,

là où le point lumineux rouge s'était immobilisé. Elle rejeta les couvertures et se planta devant la fenêtre.

— Qu'est-ce que tu fais, So?

L'adolescente observa l'entrée du parc pendant une longue minute. Dehors, tout paraissait normal. Sur elle ou sur les murs de la pièce, pas la moindre trace de lumière rouge. Elle se rassit sur le lit.

— Tout va bien, les filles?

— Un mauvais rêve, c'est tout, répondit Michelle à sa mère.

La femme quitta la chambre après un ultime «bonne nuit». Michelle prit son amie par les épaules, la forçant à s'étendre. Il n'était pas encore minuit. La même heure que dans son rêve, nota l'adolescente, interdite. La même que lors de la mort de Kristofer.

La maisonnée se rendormit, sauf Sophia. Son petit ami s'était lui aussi cru épié. Et l'inspecteur Duquette lui avait rappelé qu'elle nageait en eaux troubles. Son esprit et ses rêves lui jouaient-ils des tours?

11

LA CABANE EN RONDINS

Dimanche 28 janvier...

Quand Sarto Duquette revint de sa séance hebdomadaire de jogging, Alexia lui annonça qu'un sergent de la Criminelle venait d'appeler.

— C'est à propos d'une prof de sciences. Une certaine Agnès de la je-ne-sais-plus-trop-quoi. Elle veut te rencontrer cet après-midi sans faute.

L'inspecteur dévisagea sa fille en faisant la moue.

— Qu'est-ce que tu attends pour contacter le bureau?

— Je t'avais promis d'aller au cinéma cet après-midi, lui rappela-t-il.

— Le film sera encore à l'affiche demain, et après-demain, et...

Le père et la fille rirent doucement.

— Certaine? voulut-il s'assurer.

— Oui, oui, allez! Ouste!

L'homme l'attira à lui pour un long câlin.

— J'en ai de la chance, moi, d'avoir dans ma vie deux femmes aussi extraordinaires et compréhensives que ta mère et toi!

Alexia l'embrassa sur la joue, puis le laissa seul. En une fraction de seconde, l'esprit de l'enquêteur retourna aux faits nébuleux de l'affaire Gunnarsen.

Après un délicieux petit-déjeuner de crêpes de sarrasin arrosées de sirop d'érable, Sophia quitta les Bernard. Marchant d'un pas d'automate, l'esprit fatigué par sa nuit d'insomnie, elle traversa la rue, entra dans le parc et passa à côté de l'arbre derrière lequel l'ennemi de son cauchemar s'était abrité pour lui tirer dessus. Elle ne remarqua pas le piétinement de la neige ni les deux mégots de cigarette laissés sur le sol. Elle prit l'autobus qui sillonnait l'avenue Indépendance et descendit près du vieux pont de l'Est.

Plus elle approchait des lieux de l'explosion, plus elle ralentissait le pas, et plus elle sentait son cœur se comprimer.

La jeune fille s'immobilisa enfin en bordure du canal, là où la neige avait complètement recouvert les traces de bitume noirci. Elle posa sa main contre le sol, ferma les yeux et se recueillit. Au travers de cet ultime contact avec l'âme de Kristofer, elle lui confia qu'elle l'aimait, qu'elle pensait à lui, qu'un premier amour ne s'oubliait jamais et que son empreinte subsisterait dans son cœur. Une larme roula sur sa joue.

Un bruit feutré interrompit le cours de sa méditation. Elle rouvrit les yeux et retira sa main, gênée. Personne. Elle s'apprêtait à appliquer de nouveau sa paume contre le sol quand, du coin de l'œil, elle aperçut une furtive tache rouge s'échapper entre les arbres ceinturant le terrain vague. Elle haussa les épaules sans y accorder davantage d'importance.

Midi approchait. L'adolescente avait promis qu'elle serait de retour à la maison pour le dîner. Elle ne tenait pas à envenimer la mauvaise humeur de sa mère. Après un dernier regard aux ruines du vieux pont de l'Est et à l'île abandonnée, elle revint sur ses pas. Ajustant son capuchon autour de son visage, elle crut de nouveau distinguer une silhouette disparaître hors de son champ de vision. Elle observa les environs. Rien, sinon des piétons qui allaient et venaient sur le trottoir, un peu plus loin.

Transie, elle marcha en direction de l'intersection, à une centaine de mètres de distance. Une fois parvenue au carrefour, elle attendit que le feu de circulation passe au vert. L'attente se prolongea. Elle piétina le sol avec impatience. Quelque chose remua dans son champ de vision. Elle effectua un brusque quart de tour et vit un manteau rouge glisser sur la neige jusqu'à une épinette. Les paroles de son cauchemar lui revinrent. «Un homme te surveille.» Elle frissonna. De froid ou de peur? Elle n'aurait pu le préciser.

Sophia s'élança dans la rue dès le changement de couleur du feu. À peine eut-elle franchi la moitié de l'intersection qu'une voiture noire aux vitres teintées fonça droit sur elle. Elle se sentit soudain agrippée par le collet et soulevée dans les airs vers l'arrière. Elle se retrouva dans les bras de cette fameuse tache rouge qui l'avait plongée dans l'angoisse un instant plus tôt.

— Vous devriez être plus prudente, mademoiselle, observa l'homme dont elle ne discernait que les yeux bridés tant son écharpe montait haut sur son nez.

— Merci, chuchota-t-elle.

La jeune fille traversa la rue sous les regards désapprobateurs des automobilistes. De l'autre côté du carrefour, elle tenta de retrouver le véhicule fautif qui avait profité du temps d'arrêt, imposé dans toutes les directions, pour brûler le feu rouge. Une idée saugrenue surgit dans sa tête. Et si ce chauffard était le même que celui qui avait failli les renverser, Kristofer et elle, presque trois semaines plus tôt?

Non. Impossible. Elle tombait de fatigue, tout simplement. Elle imaginait des choses qui n'existaient pas. Elle ne prêtait pas assez attention à ses gestes. Il n'y avait pas d'autre explication logique. Afin d'éviter un autre incident, elle héla un taxi et rentra sans plus tarder chez elle.

Le GPS ne fonctionnait plus. Panne du système électronique, réseau inexistant ou mauvaises ondes émanant de la personne de l'inspecteur Duquette ? Le sergent qui faisait office de chauffeur n'osait rien dire même si la réponse lui parut évidente. Résultat : la voiture tournait en rond depuis près d'une heure dans une campagne dont ils ne connaissaient que le nom.

— Ah, et puis au diable ! tonna Duquette depuis la banquette arrière. Je la verrai demain à l'école, un point c'est tout !

— Attendez, le coupa le sergent. Je crois que c'est ici. Je ne l'avais pas remarquée avant...

Il indiqua une petite route mal entretenue, tenant davantage du sentier de ski de randonnée, qui se perdait dans la forêt.

La voiture s'engagea dans l'étroite voie d'accès. Sous le couvert de la pinède, la nuit tomba d'un coup. Quelques mètres plus loin, le véhicule atteignit une clôture de perches. Une jeep y était garée. Il fallait continuer à pied sur une courte distance et suivre une lumière qui filtrait au travers des arbres. Duquette et le sergent descendirent, enjambèrent la barrière et cheminèrent vers une cabane en rondins, véritable refuge de chasseurs. De hautes volutes de fumée s'échappaient d'une cheminée et répandaient dans l'air son parfum si particulier.

— On dirait un rendez-vous galant ! se moqua le sergent.

— Très drôle !

— Je vous attends dans la voiture, annonça-t-il, dans l'espoir de faire une sieste.

Le responsable de l'enquête ne s'y opposa pas. D'un bond, il sauta sur la galerie et frappa à la porte. Une silhouette se découpa derrière la fenêtre. Agnès de La Coulonnerie vint lui ouvrir.

— Je vois que vous avez fini par trouver votre chemin, inspecteur. Entrez.

Ce dernier s'exécuta. Il retira son manteau que son hôtesse suspendit à une patère, à côté de la porte. D'un geste, elle lui indiqua le canapé. Comme il s'y installait, il nota la présence de trois lampes à huile qui éclairaient l'intérieur de la cabane, tandis que dans l'espace cuisine, un immense poêle à bois servant aussi de cuisinière diffusait une agréable chaleur. Le chalet douillet et meublé d'antiquités n'était vraisemblablement pas alimenté en électricité.

— Je vous offre à boire ? lui proposa-t-elle. Oh, c'est vrai. *Pas pendant le service.*

— En fait, je ne bois jamais, madame.

— Pas même un thé ou de l'eau ? ironisa-t-elle.

Elle n'attendit pas la réponse. À l'aide d'une pompe, elle puisa de l'eau qu'elle mit à bouillir. Duquette sourit malgré lui. Chaque détail de la décoration et de l'installation renvoyait à un autre siècle. Il eut la curieuse sensation de remonter le temps, de pénétrer dans un lieu étranger à la société moderne. Il se sentit bien et à sa place. Il se jura qu'à sa retraite, il se trouverait lui aussi un endroit semblable.

— Je ne vous ai pas fait venir dans le cadre de votre enquête, commença-t-elle en lui servant une infusion à base de feuilles de thé du Labrador, un arbrisseau qui poussait en abondance alentour.

— Ah non ?

Elle secoua la tête, le dévisageant d'une manière fauve.

— Alors, pourquoi ? Pour... me faire des avances ?

Agnès de La Coulonnerie pouffa devant la question pour le moins directe. Elle prit place à l'écart de son invité, sur une berçante de bois ouvragé et patiné. Elle avait la cinquantaine rondelette, ni belle ni laide, la chevelure très courte, davantage sel que poivre.

— Vous aimeriez ça, inspecteur ? Ça ne doit pas être les occasions qui manquent, dans votre métier.

En effet, Sarto Duquette en avait vu passer quelques-unes au cours de sa carrière. Jusque-là, il n'avait éprouvé aucune tentation réelle tant l'amour de son épouse le comblait. La professeure de sciences prit une gorgée de thé.

— Je vous ai invité parce que votre attitude contre-technologique me fascine.

Le policier ne s'attendait pas à ce genre de déclaration.

— Je vous ai observé, précisa-t-elle. Un chauffeur pour vos déplacements, un autre collègue pour vous transmettre des messages même s'il serait plus simple de les relever vous-même à partir d'un portable ou d'une tablette. Un de vos hommes m'a confié à la blague que votre fille vous surnommait "inspecteur antigadget"… J'aimerais bien savoir comment, pourquoi et à quel moment de votre vie vous vous êtes isolé de la société de consommation.

Il ne sut que répondre. Il n'avait jamais pensé à lui-même en ces termes. Force était cependant de constater qu'il ne correspondait pas au profil type du consommateur. Il n'achetait pratiquement jamais rien. Pourtant, les entreprises payaient cher des professionnels du marketing qui se creusaient les méninges dans le but de séduire des rebelles comme lui. Duquette avait peu de besoins et en était heureux. Il ramait à contre-courant de l'idéologie capitaliste. Il dépensait un peu plus pour des produits de meilleure qualité et gardait donc ce qu'il achetait beaucoup plus longtemps. Mieux encore, il adorait les objets faits main, beaucoup plus durables que ceux fabriqués à la chaîne.

Le malaise culmina. Il n'aimait pas parler de lui avec des étrangers. Encore moins avec les témoins d'une enquête. Il n'en envisageait la possibilité que lorsque les circonstances l'imposaient, de façon à établir un lien de confiance ou pour obtenir des aveux. Il ne privilégiait cette voie qu'en de rares occasions. Et celle-ci n'en était pas une.

L'inspecteur eut donc la conviction qu'il perdait son temps. Il regretta de ne pas l'avoir consacré à sa fille, Alexia. Il fit un mouvement pour se lever quand madame de La Coulonnerie l'arrêta d'un geste de la main.

— D'accord, je vais vous rassurer, se ravisa-t-elle. Je vous ai fait venir pour votre enquête. Bien sûr. Pour quoi d'autre?

Sarto Duquette apprécia peu l'humour de la femme. Il se rassit au bord du canapé, prêt à déguerpir dès qu'il le jugerait opportun.

— Sophia Brunelle est venue me voir, l'autre jour, lui apprit la professeure de sciences.

— À quel sujet? s'enquit-il, soudain intéressé.

— L'obsolescence programmée, rien de moins.

Pour la deuxième fois cette semaine-là, l'enquêteur entendait l'étrange expression.

— J'ai eu l'impression qu'au-delà de sa question se profilait le fantôme de Kristofer…

— Le fantôme? répéta-t-il. Vous y allez un peu fort.

— Je me mets dans sa peau, inspecteur. Le souvenir du garçon doit la hanter. Elle était sur place quand tout est arrivé…

Il approuva du menton.

— Voyez-vous, poursuivit Agnès de La Coulonnerie, comme le disait Arnaud Berthoud, "la seule alternative à une économie mathématique est une économie éthique".

Devant l'air médusé de son interlocuteur, elle devina qu'il ne comprenait pas un traître mot à son propos. De nouveau, elle pouffa malgré elle.

— Vous êtes une espèce rare, inspecteur, sur la planète de la consommation obsessive et hystérique. Vous êtes une sorte de *vintage* par excellence. Un adepte du *paperback*. Je pensais que vous auriez compris du premier coup ce que ça supposait…

— Euh… non, je ne vois pas, admit-il, gêné. Éclairez-moi…

Agnès de La Coulonnerie se leva et se mit à arpenter l'espace salon de la cabane en rondins. Elle parla avec passion et conviction. Duquette se demanda si elle ne s'était pas livrée à cette mise en scène uniquement dans le but de lui donner un cours particulier.

— L'obsolescence programmée est un principe qui existe depuis un siècle environ. Grosso modo, il s'agit de créer des articles de consommation en déterminant à l'avance leur date de péremption. On peut parler d'une désuétude physique totale quand un objet n'est plus bon à rien. Ou encore de désuétude symbolique lorsqu'il est toujours en état de fonctionner, mais qu'il est néanmoins délaissé en raison d'avancées technologiques ou, ce qui à mon sens constitue le pire du pire, à cause de la mode et de ses diktats subjectifs.

Cette fois, l'enquêteur comprit où elle voulait en venir. Il la laissa néanmoins continuer.

— Remplacer un objet parce qu'il est brisé est une chose, ajouta-t-elle. Quoique nous pourrions essayer de le réparer, ce que nous ne faisons pas par manque de temps, d'intérêt ou, plus souvent, de compétence. Voilà pourquoi nous préférons en acheter un neuf. Beaucoup plus simple et rapide. Souvent, ça coûte d'ailleurs moins cher que de le réparer. À l'opposé, remplacer un produit parce qu'il n'a tout simplement plus la bonne forme, la bonne couleur ou parce qu'il lui manque une ou deux applications vantées dans les dernières pubs, ça, eh bien, c'est du gaspillage éhonté!

— Alors, pourquoi ça existe?

— Pour faire tourner la roue, bien entendu! Faible coût de production, durabilité restreinte et programmable, manipulation de la demande, création d'emplois, croissance des secteurs économiques, augmentation du produit intérieur brut...

— Finalement, c'est bon pour nous, non?

— Erreur! martela l'enseignante, le regard acéré. On veut cependant nous le faire croire! Et on ne nous offre aucune autre possibilité. Les fabricants se réunissent en cartels internationaux, fixent les standards de production, les prix, de même que la durée de vie des objets, et limitent l'accessibilité aux pièces de rechange pour empêcher leur réparation. Ils n'hésitent pas à payer grassement des brevets d'ingénieurs et à ne jamais mettre en marché les produits acquis, et ce, dans le seul but de ne pas satisfaire les véritables besoins des consommateurs. Aujourd'hui, nous croulons sous une pluie de gadgets électroniques qui ne sont ni plus ni moins que de nouveaux marqueurs sociaux, comme le sont les voitures, la drogue dans certains milieux, les vêtements…

— Quelle est l'autre option?

— Un changement de cap, un changement de paradigme, inspecteur. Rien de moins. Il faut arrêter de croire que notre liberté, que notre bonheur ou notre prestige personnel ont quoi que ce soit à voir avec une consommation encore plus grande. Il faut réorienter la recherche, garantir la justice sociale et diminuer l'écart entre les pauvres et les riches. Créer des nutriments plutôt que des déchets. Parce qu'il y a des limites au recyclage ou à la récupération. Parce qu'aucun fabricant n'a de véritable politique environnementale. Parce que même les États sont soumis à la puissance des cartels en place. Consommer moins n'est pas un mal ou une tare à combattre: c'est devenu une nécessité.

«Tout un programme», conclut Duquette. Il songea à Kristofer Gunnarsen, à son invention dont il ne savait rien sinon le nom d'origine grecque qui renvoyait au travail, à l'énergie et à la force. Il repensa aussi à son entretien de la veille avec Sophia Brunelle et à l'implication éventuelle du CNRST. Dans sa tête, les pièces du casse-tête se placèrent dans un tout nouvel ordre.

— Au cours de mon enquête, j'ai appris que le jeune Gunnarsen avait créé un objet qu'il disait révolutionnaire. Il l'a soumis au Grand Concours national des jeunes scientifiques.

— Ça ne m'étonne pas, répondit l'enseignante. Il était assez doué pour décrocher les plus grands honneurs. C'est même moi qui lui ai parlé du concours, en début d'année.

Le responsable de l'affaire Gunnarsen se gratta la barbe.

— Croyez-vous qu'afin de protéger et de défendre les principes de l'obsolescence programmée, on ait pu vouloir se débarrasser de Kristofer ?

L'hypothèse foudroya la professeure de sciences. Ses yeux s'emplirent d'eau. Elle déglutit.

— À vous de le découvrir, inspecteur.

D'une certaine façon, la conversation venait renforcer la théorie d'un complot auquel le CNRST serait mêlé. Mieux encore, Agnès de La Coulonnerie lui fournissait un mobile. Restait à creuser de ce côté, à déterminer la mécanique des choses. Dorénavant et plus que jamais, l'enquêteur devait entrer en possession de la clé USB. En découvrant en quoi consistait Ergon, il saurait à quel secteur de l'économie et à quel cartel l'invention du garçon était associée. Et dans quelle direction fureter.

Sophia soupa en compagnie de sa mère. La colère de la femme était tombée pour se métamorphoser en une sorte d'anxiété vulnérable.

Il y avait bien longtemps que Julie Brunelle ne lui avait pas parlé sur un ton dénué de sarcasmes. Pour une fois, les choses se déroulaient presque normalement entre elles, si ce n'était que la femme fixait avec intensité son assiette vide, retranchée dans ses propres réflexions. À cet instant précis, Sophia pensa qu'elle ne connaissait pas sa mère, qu'elle vivait avec une étrangère.

— Je m'excuse de ne pas être une fille parfaite, crut-elle bon de dire pour meubler le silence oppressant. Je suis désolée de ne pas être celle que tu aurais voulu avoir.

En deux temps espacés de quelques secondes, sa mère tourna le visage vers elle. Elle ne répondit rien. Elle ne savait pas comment exprimer les choses. Elle ne voulait plus blesser sa fille. Elle se contenta de lui offrir un sourire discret.

Après le repas, Sophia monta à l'étage. Dans sa chambre, elle nota la présence de la veste qu'elle portait le vendredi précédent, lors de la perquisition des policiers. Le vêtement reposait désormais sur le dossier de sa chaise. Elle glissa la main dans une des poches intérieures et sentit un objet. Elle sourit. Les collègues de Duquette n'avaient pas fouillé la jeune fille. Ils avaient vérifié les plinthes des murs, sous le lit, le fond de la penderie. Ils avaient défait les draps et retourné le contenu des tiroirs. Ils n'avaient pas imaginé que la clé USB sur laquelle ils souhaitaient tant mettre la main, elle l'avait sur elle, dans sa veste. Et par chance, elle avait oublié son ordinateur portable dans son casier à l'école, ce jour-là...

12

LE RETOUR DE L'EX-BEAU-PÈRE

Lundi 29 janvier...

Enfin, Sophia parvenait à la dernière entrée du journal de Kristofer, celle qu'il avait inscrite quelques heures avant sa mort.

19 janvier

Et si tout ça n'était qu'une hallucination de ma part ? Mon esprit me joue sans doute des tours. Je ne suis pas dans un film d'espionnage, après tout. Oui, il y a de gros enjeux économiques derrière Ergon. On essaie de me faire peur. On veut me convaincre de vendre. On ne va pas me tuer pour ça ! Faudrait pas que je devienne parano... N'empêche que ce matin, à l'école, j'ai remis une clé à Sophia. Et maintenant, je m'apprête à effacer la mémoire de mon ordi. Je n'ai pas envie qu'on me le vole et que quelqu'un ait accès à mes recherches...

Eh bien, je n'en reviens pas ! Philippe Mandeville vient de m'envoyer un texto. Il me donne rendez-vous ce soir au vieux pont de l'Est à 23 h 30. Il prétend qu'il sait ce que je fais dans mon labo. Et pourquoi je le fais ! Qu'est-ce que c'est que cette histoire ? Cette fois, je vais lui dire ma façon de penser !

Voilà, c'est la fin de mon journal...

Sophia demeura songeuse. Pourquoi Kristofer parlait-il seulement du rendez-vous avec Philippe Mandeville et pas de celui qu'il lui avait donné à elle, sur le bout de papier? Le texto suffisait-il à inculper Mandeville de meurtre? Son petit ami avait-il décidé plus tard dans la journée de l'inviter elle aussi là-bas? Cela impliquait qu'il soit retourné à l'école. Avait-il choisi le même endroit, le vieux pont de l'Est, par simple commodité? Elle avait été témoin de la dispute entre les deux garçons, puis de l'explosion. Était-ce… voulu, planifié? Par qui?

Plus elle retournait les questions dans sa tête, plus elle en venait à la conclusion que quelque chose clochait. Ou qu'il manquait encore trop d'éléments pour comprendre la situation dans son ensemble.

Catherine Mandeville avait retrouvé la trace du mystérieux Jonathan qui lui avait proposé cinq mille dollars en échange du travail sur les explosifs de son frère jumeau. Ou plutôt, ce fut lui qui entra en contact avec elle.

Elle voulut d'abord l'insulter en bonne et due forme. Elle mit cependant un frein à son tempérament bouillant. S'il la rappelait, cela devait vouloir dire qu'il avait encore besoin d'elle. Et ce rendez-vous-surprise constituait une occasion à saisir afin de trouver – ou du moins d'essayer de trouver – le moyen d'innocenter Philippe pour de bon.

Elle pensa à avertir l'inspecteur Duquette. Mais, ce faisant, le policier lui poserait des questions auxquelles elle ne souhaitait pas répondre. Pour l'amour de ses parents et surtout pour celui de son frère, elle décida de se débrouiller seule.

L'adolescente se rendit donc au rendez-vous fixé. À l'heure du dîner, au parc, à deux minutes à pied de l'école; l'endroit était pratique. Près de la section clôturée où s'élevaient les structures de jeux destinés aux tout-petits, elle aperçut la fontaine. Jonathan l'attendait. Les joues de Catherine s'empourprèrent de colère. Elle ouvrit la bouche et prit une profonde inspiration afin de garder son sang-froid. Elle chemina vers lui, l'œil austère, le poing serré.

— Salut! lui envoya-t-il comme si de rien n'était.

Elle lui répondit d'un simple clignement d'yeux, soucieuse de contenir la lave qui menaçait de jaillir. Il lui offrit une cigarette qu'elle refusa de la main. Il en alluma une et tira une longue bouffée. Il exhala par les narines deux minces filets de fumée qui se perdirent aussitôt dans le vent froid.

— Moi aussi, je me suis fait piéger, tu sais, confessa-t-il, à sa décharge.

— Par qui?

Il haussa les épaules.

— Ils ont de gros moyens, en tout cas.

Catherine le détailla. Elle imprima dans son esprit ses traits, ses vêtements, sa façon de bouger et de dire les choses.

— Pourquoi t'en es-tu pris à nous?

— Ce n'est pas la bonne question, éluda Jonathan Spin.

— Ne joue pas à ça avec moi, le prévint-elle, même si elle se doutait bien de la fragilité de son avertissement.

Le jeune homme prit une autre bouffée, se débarrassa du mégot, glissa les mains dans les poches de son blouson. Il amorça ensuite un demi-tour pour s'éloigner.

— Eh! l'interpella-t-elle. Où crois-tu aller comme ça?

Il s'arrêta sans se retourner. Elle lui toucha le bras. Il ne se déroba pas.

— Je suis désolé.

— C'est tout?

— Que veux-tu que je te dise?

L'adolescente n'en revenait pas. Jonathan n'avait pas besoin d'elle. Il ne requérait pas un autre service de sa part. Alors, pourquoi courait-il le risque de la rencontrer et de se faire dénoncer?

— Tu sais que mon frère est soupçonné de meurtre?

— Je n'irai pas voir la police pour prendre sa défense, ma belle. Mon ardoise est loin d'être à zéro, si tu vois ce que je veux dire.

Une larme perla au coin de l'œil droit de Catherine. Il fit semblant de ne pas s'en apercevoir.

— D'ailleurs, continua-t-il, je me demande pourquoi on ne l'a pas encore mis à l'ombre. Il reste chez vous malgré le fait que tout joue contre lui.

La jeune fille vit soudain une lumière poindre au bout du tunnel. Elle sut de quelle manière elle pouvait racheter le salut de son frère.

— Tes patrons n'ont pas tout prévu…, annonça-t-elle, laissant à dessein sa phrase en suspens.

Spin mordit aussitôt à l'hameçon, ce qui encouragea l'adolescente.

— Qu'est-ce que tu veux dire?

— Je crois que la police a un autre suspect dans sa mire, lui apprit-elle.

— Ah oui? Qui ça?

— Aucune idée, répondit Catherine. Ça pourrait avoir un lien avec un projet nommé Ergon.

Jonathan hocha la tête. Il alluma une deuxième cigarette.

— C'est cool pour ton frère, ça. Allez, *ciao*!

Il se remit en marche; elle lui emboîta le pas.

— Je sais qui pourrait nous en dire plus, annonça-t-elle.

Le jeune homme la lorgna de biais, la cigarette collée aux lèvres.

— Il existe une clé USB sur laquelle les détails du projet Ergon sont enregistrés. Il paraît que Kris avait peur, qu'il avait reçu des menaces…

— Dans les journaux, on n'a pas écrit un seul mot là-dessus.

— Normal, puisque la personne qui a la clé ne veut pas la remettre aux policiers.

— Comment ça se fait que tu sois au courant, toi?

Elle leva dans les airs son auriculaire et l'agita. Jonathan Spin expulsa l'air enfumé de ses poumons.

— Écoute, ce que je vous ai fait, je n'en suis pas fier, plaida-t-il. Je ne veux pas me livrer à la police. Encore moins témoigner contre ceux qui m'ont payé pour ce travail. Sauf que…

Il se rapprocha de l'adolescente et plongea son regard dans le sien.

— Je veux bien t'aider. Tu me dis qui a la clé, je la vole et je te la remets après. Si ce qu'il y a dessus peut servir à blanchir ton frère, alors bingo! Moi, je me serai racheté.

Catherine soutint l'intensité des yeux bleu acier penchés sur elle. Ce Jonathan n'était peut-être pas aussi mauvais qu'elle l'avait d'abord cru. Il était probablement en train de prendre la mesure de sa vie délinquante et de poser un premier geste pour effacer une partie des méfaits ternissant sa conscience, à défaut de la laver complètement. Elle accepta d'un sourire.

Dix minutes plus tard, tandis qu'il la guettait en train de sortir du parc, Spin alluma une troisième cigarette. «Une sœur, pensa-t-il, petit sourire en coin, une jumelle en plus. Une filiation incomparable. Un lien de sang plus fort que tout.» Il avait joué fin. Et une fois de plus, l'adolescente s'était fait piéger.

Philippe avait obtenu la permission de l'inspecteur Duquette de s'absenter de son domicile. Un policier sur les talons, il marchait sur le terrain vague près du vieux pont de l'Est. Comme Sophia Brunelle la veille, il stoppa à l'endroit même où il s'était disputé avec Kristofer, là où son camarade de classe avait trouvé la mort.

Ses pensées, faites de regrets et de déception, virevoltaient au gré du vent. Sa respiration lente ne parvenait pas à détendre son corps contracté à l'extrême. Il ne comprenait pas. Le rendez-vous, le message sur son cellulaire, l'explosion, l'aide financière de Catherine… Les faits tourbillonnaient dans sa tête. L'épuisement le gagnait, ainsi que le découragement. Il ne voyait pas poindre la fin de cet atroce cauchemar.

— Je t'aimais pour de vrai, laissa-t-il échapper.

Son garde du corps se rappela à lui par un léger bruit de froissement, comme seul le tissu des manteaux d'hiver peut en produire. Le policier chargé de sa surveillance écoutait-il? Avait-il pour mandat de rapporter ses paroles?

— Ce n'est pas moi, Kris, dit-il encore, sur le ton de la confidence, comme si l'âme du défunt flottait toujours dans l'air. Je tenais à te le dire. Adieu, Kris.

Il fit quelques pas en direction du canal gelé quand une voiture arriva sur les lieux. Un homme en descendit. Il parlait au téléphone. Des mots que Philippe ne comprenait pas. « Du norvégien? » se demanda-t-il. L'inconnu s'immobilisa à son tour à l'endroit de l'explosion. Il éteignit son appareil et dévisagea Philippe avec intérêt.

— Vous êtes un membre de la famille de Kris? s'informa le garçon.

L'étranger le scruta de pied en cap. Reconnaissait-il en lui le présumé responsable du meurtre de Kristofer Gunnarsen? « Non », se persuada l'adolescent. Parce qu'il était mineur, les journaux n'avaient ni publié sa photo ni mentionné son nom.

— Jørgen Alvestad-Beck, se présenta l'homme avec un fort accent. J'étais le beau-père de Kristofer.

— Et moi, un camarade de classe. Mes condoléances, monsieur, enchaîna le garçon, heureux d'une certaine manière de pouvoir présenter ses condoléances à quelqu'un.

Une étrange sensation parcourut Philippe. Le regard sombre du Norvégien lui déplut autant que son sourire énigmatique et son air suffisant. Il empestait la réussite. Et cette bague tape-à-l'œil à son majeur… Quelque chose de désagréable émanait de sa personne.

L'adolescent ne s'attarda pas davantage sur les lieux. Il salua l'ex-beau-père et, en compagnie de l'agent, monta à bord de la voiture de police qui s'éloigna à basse vitesse.

Vers 13 heures, Sarto Duquette se rendit aux bureaux du CNRST. Il aborda une jolie réceptionniste et demanda à voir Paul Szabo. Melody, la nouvelle employée du centre, appuya sur un bouton et annonça plutôt la visite du policier à un certain Fraser.

Le directeur général de l'organisme para-gouvernemental apparut un instant plus tard. Il se présenta et tendit la main vers l'enquêteur.

— Je souhaitais m'entretenir avec le coor-donnateur du Grand Concours national des jeunes scientifiques, fit remarquer ce dernier à Fraser.

— Monsieur Szabo est à Genève pour un congrès où il nous représente. Que puis-je faire pour vous?

D'un geste de la main, Fraser fit passer le visiteur dans son bureau. Une fois là, l'inspec-teur expliqua ce qui l'amenait au CNRST. Le sourire obligeant de William Fraser se tordait un peu plus au prononcé de chaque mot.

— Quelle triste affaire! jugea l'homme avec un air contrit. La nouvelle m'est effectivement parvenue. Je ne peux hélas pas vous en apprendre davantage sur le projet Ergon.

Le directeur général raconta à Duquette qu'après le malencontreux bris du prototype, le jeune inventeur n'avait pas eu le temps d'en soumettre un second, ce qui les avait décidés à détruire son dossier.

L'inspecteur se contenta de soutenir le regard de Fraser. Ce dernier, au bout de quelques secondes, sentit une goutte de sueur perler sur sa tempe.

— J'ai pourtant ici un document qui atteste le contraire, indiqua le responsable de l'enquête.

Sarto Duquette sortit de sa poche une feuille sur laquelle était imprimée la numérisation du fameux reçu daté du 12 janvier. William Fraser s'en saisit. Il mit de petites lunettes de lecture. Un tic nerveux s'empara du coin de sa bouche.

D'où sortait ce reçu que l'inspecteur avait brandi à la manière d'un prestidigitateur? L'ensemble du dossier Gunnarsen avait été remis en mains propres à un dénommé Spin, un employé de sa correspondante belge. On lui avait juré que son implication ne serait jamais connue, que la police ne viendrait pas mettre le nez dans les affaires du CNRST. Existait-il donc une sorte de double des documents? L'inventeur d'Ergon avait-il pris soin de le confier à quelqu'un d'autre ? À un membre de sa famille ? À un camarade de classe ? À sa petite amie ?

Malgré un début de panique, Fraser réussit à se maîtriser. Il pivota sur son fauteuil de cuir. Devant son ordinateur, il pianota sur quelques touches qui lui donnèrent accès au registre du Grand Concours. De son siège, Duquette voyait à la perfection ce que le directeur général faisait. Et c'était d'ailleurs le but que ce dernier poursuivait afin de donner le change.

— Je ne comprends pas, déclara l'homme après trois essais infructueux. Je n'ai pas de Kristofer Gunnarsen dans la liste des candidats. Il n'y a rien à son nom. Comme je vous le mentionnais plus tôt…

— Comment expliquez-vous alors la présence de ce reçu ?

Fraser réfléchit vite à une réponse plausible.

— Il se peut que le deuxième prototype se soit égaré à l'interne, improvisa-t-il. Et qu'il n'ait pas été compilé. Allez savoir !

L'inspecteur soupesa l'hypothèse. Avec le facteur humain, le plus improbable devenait possible, ce qui compliquait la plupart de ses enquêtes.

— À qui appartiennent les initiales GB ? l'interrogea Duquette.

— À Giulia Baghino, notre secrétaire depuis trente-cinq ans.

— Ce n'est pas celle que j'ai croisée à mon arrivée.

— Non, non. Melody la remplace.

— Et où puis-je joindre madame Baghino ?

— Oh, elle a pris… Sa retraite était prévue pour mars, mais… elle l'a devancée… pour se rendre au chevet de sa mère mourante, je crois. En Italie. Elle a dû laisser une adresse postale. Ou peut-être électronique. Attendez…

Fraser interrogea sa base de données, puis commanda l'impression de l'information qu'il remit à son visiteur.

L'inspecteur ne le quittait pas des yeux. Ainsi, les deux nouveaux témoins qui surgissaient au cours de son enquête désertaient le pays. Quelle coïncidence ! Duquette flairait une vague odeur de camouflage. Il renifla bruyamment sans se soucier des règles de bienséance, souhaitant marquer son scepticisme à son interlocuteur.

— Quand monsieur Szabo doit-il revenir ? lança l'inspecteur, empêtré dans un interrogatoire en cul-de-sac.

— Dans quelques jours. Vous avez de quoi noter ?

— J'ai une excellente mémoire…

Le directeur général lui dicta le numéro du cellulaire du coordonnateur.

— Merci, monsieur Fraser. Nous allons sûrement nous revoir.

Duquette se leva et prit le chemin de la sortie. Dès que la porte de son bureau se

referma, William Fraser se rua sur son téléphone.

○

Sophia marchait, absorbée par un flux de
pensées chaotiques et nerveuses. Son cellulaire
vibra contre elle. Elle répondit. Aucune réaction de la part du correspondant.

— Allô? répéta-t-elle avec plus de force.

La ligne se rompit. Elle vérifia l'afficheur :
numéro inconnu. Elle haussa les épaules. Sûrement une erreur. Elle s'apprêtait à remettre
l'objet dans la poche de son manteau quand il
frémit de nouveau dans sa main.

— Allô?

Le silence régnait sur la ligne avant qu'elle
se coupe cette fois encore. Agacée, Sophia
activa la fonction *prise de messages* pour ne plus
être dérangée.

Dans l'autobus la ramenant chez elle, elle
croisa Viktor Gunnarsen qui la salua. Elle
hésita. Devait-elle lui demander comment il
allait? Prendre des nouvelles de sa mère? De
l'école? Quelle attitude afficher? La même
incertitude étreignait ceux qui abordaient la
jeune fille. La mort tragique de Kristofer brouil-
lait les cartes des relations interpersonnelles.

— Je suis content de te voir.

Elle sourit, soulagée par cette entrée en
matière inespérée. Elle lui donna une accolade
qui dura plusieurs secondes.

— Je suis tombé sur quelque chose pour toi, en triant les affaires de Kris. J'allais te l'apporter…

S'agissait-il d'un autre cadeau de nature scientifique? Elle souhaitait que non. «De toute façon, Viktor l'aurait remis aux policiers», se dit-elle.

Le garçon fouilla dans son sac à dos et en tira une enveloppe épaisse.

— Des photos, annonça-t-il. Prises avec son téléphone. Je ne les ai pas· toutes vérifiées. Comme il y en avait plusieurs de vous deux, j'ai cru que…

— Merci, Vik, murmura-t-elle en les prenant contre elle.

L'envie de jeter un coup d'œil sur les clichés la démangeait. Elle résista à la tentation. Ce nouveau legs, elle le savourerait seule, chez elle, sans le brouhaha du bus, sans les curieux qui essaieraient peut-être de surprendre, par-dessus son épaule, des bribes de son ancien bonheur.

Viktor et elle reportèrent leur attention sur les passagers, ne sachant déjà plus comment poursuivre leur conversation.

— Et puis? s'entendit-elle prononcer d'une voix malhabile. Comment… comment vas-tu?

— Bof… Pas facile. Et pour *mamma* non plus. Surtout depuis que…

Il suspendit sa phrase. Les traits du garçon se durcirent, tant et si bien qu'un rictus se forma sur ses lèvres.

— … que son ex est revenu dans le décor.

— Je croyais qu'il habitait en Norvège.

— Ouais, eh bien, il aurait dû y rester !

Viktor ne se réjouissait pas du retour de l'homme dans leur vie. Sophia se souvint que chaque fois qu'elle désirait en apprendre davantage sur son passé, Kristofer se refermait à la manière d'une huître.

— J'étais trop petit à l'époque. Je ne me souviens pas de grand-chose. C'est sans doute mieux comme ça. Kris, lui, il était plus vieux. Il n'a jamais oublié. Il le détestait. Tellement qu'il passait son temps à dire qu'il allait un jour se venger de lui. Ça mettait *mamma* dans tous ses états. Tu n'as pas idée.

L'adolescente tiqua sur l'idée de vengeance. Était-ce donc à cet homme que Kristofer faisait allusion dans son journal de bord ? Qu'avait bien pu faire l'ex-conjoint de sa mère pour s'attirer une haine si intense ? Elle ne posa toutefois pas la question à Viktor. Après tout, elle imaginait mal comment l'invention de son frère lui permettrait de concrétiser sa vengeance. La réponse se cachait sans doute dans le reste du fichier Ergon, qu'elle n'avait pas encore eu le temps de lire en entier. Elle accusait beaucoup de retard dans ses études. Son cœur et sa raison n'arrêtaient pas de la faire osciller entre ses devoirs, qui représentaient l'avenir, et la clé de Kristofer, qui relevait du passé.

— Kris me racontait que JAB…

— JAB? l'interrompit-elle.

— Oui, ce sont ses initiales… Eh bien, JAB nous méprisait. Il ne s'occupait pas de nous. Il prétendait qu'on finirait comme notre père, comme des drogués, des bons à rien sans cervelle…

Sophia retint son souffle. Elle découvrait un pan ignoré de la vie de son ami. Elle comprenait un peu mieux son silence. Elle avait cru que son attitude servait surtout à oublier, à passer à autre chose de plus positif. En entendant la confession de Viktor, elle sut qu'il n'en était rien. Pendant des années, la rage de Kristofer avait couvé telle la lave d'un volcan.

— En plus, il manipulait *mamma*, lui mentait, la trompait. Il profitait du statut de vedette de cinéma de notre mère pour se montrer un peu partout à son bras. Après, il s'est mis à la frapper. Elle avait toujours des bleus quelque part. De ça, je m'en souviens. Mais je ne comprenais pas ce qui se passait. Et puis, il y avait son entreprise…

«JAB était donc un homme d'affaires», en déduisit Sophia. Du même coup, elle commençait à percevoir une relation de cause à effet entre Ergon et le désir de vengeance de son petit ami. Le lien était toutefois encore trop ténu pour en tirer une conclusion précise.

— Quel genre d'entreprise au juste?

— Une usine de piles électriques…

Ergon. Travail. Énergie. Force… Des piles, on attendait justement d'elles de l'énergie et de la force pour accomplir certaines tâches. «Une invention révolutionnaire», suggérait Kristofer dans son journal. Comme une pile inépuisable, qui se réalimenterait au fur et à mesure qu'on l'utiliserait?

L'obsolescence programmée… Les piles électriques avaient une durée de vie très limitée. Il fallait toujours en avoir en stock afin de les remplacer le moment venu. Même celles dites rechargeables ne répondaient pas parfaitement aux attentes. Un jour ou l'autre, il fallait en acheter de nouvelles.

Si Ergon était une pile éternelle et visait d'abord JAB en le poussant à la faillite, l'invention risquait par ricochet de produire un effet similaire sur toutes les entreprises qui en usinaient. Car, une fois sur le marché, plus aucun consommateur ne voudrait de ces vieux objets qui tombaient toujours à plat et dont les composantes nuisaient à l'environnement. Ainsi, le désir de vengeance de Kristofer, au départ très intime et personnel, menaçait de prendre des allures de conflit économique et politique.

— Encore faut-il qu'Ergon soit ce genre d'invention. Et qu'elle marche!

— Quoi? fit Viktor. Qu'est-ce que tu racontes?

— Euh… rien, je me parlais, murmurat-elle. Oh! Je suis déjà arrivée. Je descends ici. Allez, à bientôt! Et merci encore!

Elle colla rapidement sa joue contre celle du garçon et gagna la sortie pour descendre de l'autobus. Dès qu'elle posa le pied sur le trottoir, elle mit le cap vers sa maison. Elle n'avait pas franchi cent mètres que son téléphone vibra.

— Allô?

Une respiration précipitée, comme le souffle court d'un joggeur, râla au bout de la ligne avant qu'un déclic ne résonne à son oreille. La communication était rompue. Qui pouvait bien être ce mauvais plaisant qui n'arrêtait pas de l'appeler et qui ne se donnait pas la peine de s'excuser?

En traversant la rue, la jeune fille se rendit compte qu'un homme portant un manteau noir, entraperçu dans l'autobus, marchait désormais derrière elle. Il s'immobilisa pour ramasser quelque chose par terre. Quand il se redressa, il hésita une fraction de seconde, puis rebroussa chemin.

Sophia haussa les épaules. Elle passa de l'autre côté de la rue, franchit le parterre enneigé et grimpa l'escalier de l'entrée. Lorsqu'elle inséra la clé dans la serrure, l'homme au manteau noir réapparut dans son champ de vision. Elle le suivit des yeux jusqu'à deux résidences plus loin, où il s'engouffra dans un abri de bâches de plastique qui servait de garage temporaire. Ensuite, plus rien.

Se pouvait-il que quelqu'un la suive? Pourquoi? À cause de la clé de Kristofer? Parce que sur ce périphérique était enregistré le projet

Ergon qui paraissait relever de la plus haute importance ? Non, c'était ridicule. Après tout, personne ne savait, en dehors de Michelle Bernard et de l'inspecteur Duquette, que l'objet existait et qu'il était en sa possession.

Alors, elle poussa la porte et rentra chez elle.

Tenant compte du décalage horaire, Sarto Duquette estima qu'il était trop tard pour téléphoner en Europe. Il tenterait donc de joindre Paul Szabo le lendemain à la première heure afin de procéder à un interrogatoire à distance.

L'enquêteur avait l'impression d'être en panne : d'idées, d'imagination, de ressources. Dans quelle direction regarder ? Quelles personnes interroger ? Il restait toujours l'option de tendre une perche et de voir qui allait la saisir. Encore fallait-il appâter l'hameçon avec un leurre crédible.

Moins de trente minutes plus tard, il se présenta au domicile des Gunnarsen. Viktor lui ouvrit.

— Bonjour, inspecteur.

— J'aimerais m'entretenir avec ta mère, dit-il en entrant dans la maison.

— Elle dort. Tranquillisants... Je vais lui dire de vous rappeler.

— Ce ne sera pas nécessaire, merci. Je venais pour... prendre des nouvelles.

Le garçon soupira.

— Rien de changé. Et de votre côté ? Est-ce que l'enquête progresse ? *Mamma* est-elle... toujours soupçonnée ?

— L'affaire est plus complexe que prévu, lui apprit Duquette. On analyse une troisième piste... Ça pourrait prendre des semaines, voire des mois, avant de connaître la vérité. Il faut s'armer de patience. Mais tout finit toujours par se savoir. Crois-moi : le crime parfait n'existe que dans la tête des criminels.

Prêt à quitter les lieux, il mit la main sur la poignée de la porte. Viktor fit un pas vers lui.

— Je... je me demandais si vous pouviez... en fait, ça n'a aucun lien avec l'enquête, mais si... un de vos hommes pouvait monter la garde devant la maison... Ce serait bien.

— Que se passe-t-il, petit ? s'informa l'inspecteur avec un vif intérêt.

Le garçon lui raconta que l'ex-compagnon de sa mère, Jørgen Alvestad-Beck, était au pays et qu'il l'avait vu rôder dans le voisinage, ce qui ranimait l'angoisse de sa mère. Et pour justifier sa requête, il lui dévoila une partie du passé de sa famille.

— Je m'en occupe, Viktor, lui promit l'enquêteur. Dès ce soir...

13

UNE NOUVELLE PREUVE AU DOSSIER

Mardi 30 janvier...

Sarto Duquette raccrocha avec fureur. Pour la troisième fois de suite, une voix préenregistrée lui assurait que l'abonné qu'il tentait de joindre, en l'occurrence le coordonnateur du Grand Concours national des jeunes scientifiques, n'était pas disponible. Pire, il n'y avait aucun moyen de laisser un message.

Il ne se doutait pas le moins du monde que le cellulaire de Paul Szabo était la propriété du CNRST. La veille, et sur ordre de sa correspondante belge, William Fraser avait fait transférer les appels de Paul Szabo vers un autre numéro.

— Nous pourrions essayer les médias sociaux, proposa un de ses agents. Il doit avoir un compte Twitter ou Facebook. Ou peut-être sur LinkedIn…

— Pourquoi pas ? soupira l'inspecteur qui ne savait pas de quoi on lui parlait.

— Bingo ! déclara son collègue spécialisé en informatique après quelques clics de souris sur son ordinateur portable. Je l'ai ici sur Facebook. Bon, qu'est-ce qu'on lui écrit ?

— Que je veux lui parler de Kristofer Gunnarsen et du projet Ergon. N'oublie pas de lui envoyer le reçu numérisé. Je veux un rendez-vous téléphonique dans les plus brefs délais.

— Par Skype, c'est bon pour vous? Il y a un léger décalage du son, mais avec une web-cam, vous pourriez le voir et…

La proposition sous-entendait que Duquette se tienne à proximité d'un ordinateur. Il frissonna à l'idée de tout faire planter.

— Au pire, si ça ne marche pas, on prendra le téléphone conventionnel, tenta de le rassurer son collègue.

L'inspecteur approuva. Manipulant une balle antistress, il reporta son attention sur le résultat d'une recherche au sujet de Jørgen Alvestad-Beck.

Un des plus riches hommes d'affaires de la Norvège. Quarante-trois ans. Naissance à Voss. Héritier d'un petit pécule transmis par une grand-tante. *Self made man*. Spéculation en bourse, surtout pour des titres technos. Rachat d'une manufacture de piles électriques en Europe. Fusion avec d'autres en Asie. Unique actionnaire de JAB, multinationale qui portait ses initiales. Aucun casier judiciaire. Une vie amoureuse tumultueuse. Un seul mariage. Pas d'enfants. Plusieurs jeunes maîtresses, pour la plupart des starlettes scandinaves. Vie sociale mouvementée. Souvent à la une des tabloïds de son pays. Mécène du cinéma indépendant national.

Pas de trace de violence conjugale. Viktor avait-il tout inventé dans le seul but de protéger sa mère ou n'y avait-il jamais eu dénonciation de la part d'Ingrid Gunnarsen ?

Sophia se réveilla, une photo de Kristofer et d'elle posée sur sa poitrine. Elle la contempla de nouveau. Du bout du doigt, elle caressa le visage de son petit ami, fixé sur le papier glacé. Des larmes affluèrent, un sourire aussi. Elle rejeta les draps, s'assit au bord de son lit et glissa les pieds dans ses pantoufles. Elle plaça le cliché avec les autres offerts par Viktor dans une petite boîte de métal qui sentait encore bon les chocolats de fantaisie qu'elle avait reçus à Noël. Grâce à la multitude de photos, elle pouvait désormais envisager de se départir de la clé. Elle possédait un autre trésor, un héritage bien plus agréable à chérir que le précédent.

Néanmoins, elle entama la journée pédagogique en insérant le support de stockage dans le port USB de son ordinateur, récupéré la veille dans son casier. Elle sélectionna le fichier Ergon et l'ouvrit. Elle traduisit d'abord le mot *pile* en norvégien, et fit ensuite une recherche de ce terme dans le document. La fonction dénombra plusieurs occurrences du mot : des centaines de phrases y étaient associées.

Elle n'en revenait pas qu'un jeune homme de dix-sept ans à peine ait conçu et créé un objet semblable. La chose lui paraissait si compliquée à réaliser, si inusitée, si fantastique.

L'admiration s'empara d'elle. D'une certaine façon, cela renforçait l'amour qu'elle éprouvait pour Kristofer.

Comment ce dernier s'y était-il pris? Combien d'années avait-il consacrées à son projet? Combien d'essais avait-il tentés avant d'en arriver à un prototype qui fonctionnait? Les détails de ses expérimentations apparaissaient là, sous ses yeux. L'adolescente ferma cependant le document. S'entêter à le traduire ne représentait plus pour elle une priorité. Ce qu'elle savait lui suffisait.

Elle prit la boîte de métal. Sa main effleura les photos. La veille, elle n'en avait regardé que quelques-unes. Elle avait ensuite sombré dans un profond sommeil réparateur. Leur présence l'avait rassurée et convaincue que sa relation avec Kristofer n'avait pas été qu'une passade.

Cette fois, Sophia les prit une à une. Elle les trouva belles, ou drôles, ou complètement ratées. Cela n'avait pas d'importance puisque grâce à chacune, elle renouait avec la beauté du jeune Norvégien, avec les regards complices qu'ils se destinaient, avec les sourires amoureux qu'ils s'échangeaient.

Parmi les photos, elle en vit cependant une qui ne concernait ni son petit ami ni elle. Elle mit plusieurs secondes pour comprendre de qui il s'agissait et ce qu'ils étaient en train de faire. Dégoûtée, elle lâcha le cliché comme s'il lui brûlait les doigts.

Dans son esprit, une série de relations de cause à effet se déploya. Avec tant de force qu'elle en oublia Ergon et l'ex-beau-père de Kristofer.

La première théorie, celle impliquant Philippe Mandeville, tenait toujours. La photo sur laquelle Sophia venait de tomber lui donnait du poids et signait peut-être même le ticket aller simple de l'adolescent pour la Centrale d'accueil général. Sans l'ombre d'un doute, Viktor n'avait pas examiné l'ensemble des photos de son frère. Sinon, celle-ci reposerait déjà entre les mains de la police.

La jeune fille frappa trois coups secs contre la porte. Elle attendit un peu avant de recommencer. Une voix bourrue maugréa de l'autre côté de la paroi.

— C'est quoi ce tapage ? On ne peut pas dormir tranquille le matin !

La porte s'ouvrit sur Philippe Mandeville, les cheveux en bataille et l'œil encore endormi. Il était de mauvaise humeur de ne pas pouvoir rester au lit, lui qui n'avait pas connu de nuit de sommeil complète depuis plus d'une semaine.

— Qu'est-ce… que tu veux ? bredouilla-t-il en reconnaissant Sophia Brunelle qui exhiba une photo sous son nez.

Il dut reculer afin de mieux voir l'image.

— C'est à cause de ça, hein, que tu as voulu te débarrasser de lui?

Le garçon lui prit le cliché des mains. Au fil des secondes, son visage se teinta d'une profonde stupéfaction. Cette photo, il ne la voyait pas pour la première fois. Kristofer la lui avait montrée sur son téléphone cellulaire, le soir de l'explosion, au vieux pont de l'Est. Philippe lui avait rétorqué qu'il devait s'agir d'un montage, d'une mauvaise plaisanterie. Car, franchement, la situation était trop ridicule pour être vraie!

Cette fois, l'adolescent put étudier l'image de plus près. Ses traits se figèrent. Il secoua la tête. Non, il ne s'agissait pas d'un habile truquage. Il se reconnaissait, de même que ses vêtements. L'endroit aussi. C'était à une fête, avant Noël, chez Michelle Bernard. Et cette fille… cette fille qu'il tenait dans ses bras, qu'il embrassait, celle dont il touchait les fesses…

— Tu n'es rien qu'un gros pervers! vociféra Sophia. Qu'un dégueulasse! Je comprends pourquoi vous vous disputiez. Tu ne voulais pas qu'il dévoile ton secret! Tu ne pensais qu'à ta réputation, qu'à celle de ta famille!

Elle reprit l'élément de preuve avec la ferme intention d'aller la présenter à l'inspecteur Duquette.

— C'est impossible…

— Ah oui?

Elle brandit de nouveau la photo.

— Regarde, là, insista-t-elle en tapotant le garçon sur l'image. C'est bien toi, ça, non ? Et elle, c'est bien…

— Tais-toi ! hurla-t-il pour ne pas entendre le nom qu'il n'osait lui-même prononcer. Ça ne se peut pas… Je… je ne m'en souviens pas. Merde !

Sophia se détourna et remonta le corridor de l'immeuble délabré jusqu'à l'escalier.

— Oui, Kris m'a menacé de tout dire, admit-il dans son dos en criant. Mais je ne savais pas de quoi il parlait !

Planté au milieu de la longue pièce étroite, il vit l'adolescente disparaître dans la cage d'escalier.

— Je l'aimais pour de vrai, murmura-t-il. Comme toi…

Une larme dévala la joue du jeune homme.

Catherine Mandeville revenait du super-marché avec deux litres de lait et une douzaine d'œufs quand elle faillit tout renverser sur le trottoir à cause d'une fille qui la bouscula au passage.

— Tu ne pourrais pas faire attention ?

Les deux adolescentes se dévisagèrent et se reconnurent. La première afficha un air surpris ; l'autre la considéra avec mépris.

— Qu'est-ce que tu fabriques dans le coin ?

— Dégage! lui répondit sèchement Sophia Brunelle. Espèce de...

Elle laissa sa phrase en suspens, incapable de trouver le mot juste pour exprimer ce qu'elle ressentait.

— C'est à moi que tu parles, là? voulut savoir Catherine, sur la défensive.

— À qui d'autre? Je savais que tu n'avais pas de morale, mais je ne savais pas que tu étais aveugle!

— C'est quoi ton problème, Brunelle?

Jamais Sophia n'aurait pu imaginer ce qu'elle avait découvert une heure plus tôt au sujet des Mandeville. On le lui aurait juré sur la tête de son père qu'elle n'y aurait pas cru davantage. Avec la preuve qu'elle détenait, la donne changeait. La réalité dépassait la fiction!

— Je suis au courant pour ton frère et toi. Kris aussi, il le savait. Crois-moi, vos petits jeux de touche-pipi...

Catherine Mandeville vit rouge. Ses mains lâchèrent les sacs de provisions qui se fracassèrent sur le trottoir, et agrippèrent le revers du manteau de Sophia. Sa bouche lui cracha des postillons au visage. Ses prunelles lancèrent des flèches enflammées.

— De quoi tu parles, petite conne?

— Ne me touche pas!

Les deux jeunes filles valsèrent dans un étrange corps à corps, se criant des injures. Sophia perdit l'équilibre et bascula dans la neige, en bordure du trottoir. Son adversaire prenait un élan pour charger quand les policiers responsables de la surveillance de Philippe intervinrent. Les deux hommes les séparèrent à bout de bras.

— Mêle-toi de tes affaires! jeta Catherine à l'autre adolescente, l'écume à la bouche, le visage hagard.

— C'est justement ce que je fais! répliqua Sophia.

— Voulez-vous bien nous dire ce qui se passe ici? exigea de savoir l'un des agents.

Sophia tira la photo de sa poche.

— Vous remettrez ça à l'inspecteur Duquette. Ça pourrait être le mobile de Philippe Mandeville. Pour faire taire Kris…

L'homme se saisit de la preuve comme Catherine approchait. Elle s'aperçut sur le cliché, en sous-vêtements, en compagnie de son frère, tous les deux allongés sur un lit en train de s'embrasser. D'un coup, le sol se déroba sous ses pieds. Le quartier se volatilisa. On venait de la catapulter dans une autre dimension.

Les policiers examinèrent la nouvelle pièce au dossier. Ils ne surent qu'en penser. Ils s'engagèrent à la remettre sans délai à l'inspecteur Duquette.

Sophia Brunelle retourna chez elle. Obnubilée par les derniers événements, elle ne se rendit pas compte qu'un homme avec un manteau rouge, le même qui l'avait aidée le dimanche précédent après sa visite au vieux pont de l'Est, la suivait à bonne distance.

De son côté, Catherine s'empressa d'aller rejoindre son frère qui avait assisté à la scène depuis la porte-fenêtre du salon, au cinquième étage de l'immeuble. Lorsqu'elle franchit le seuil de leur misérable appartement, il était toujours planté à son poste d'observation. Elle approcha. Elle avait du mal à respirer. Chaque bouffée d'air lui tordait la bouche.

— Tu as vu la photo, toi aussi ?

— Je... je ne comprends pas, balbutia-t-il en se tournant vers sa jumelle.

Le regard de Catherine se mit à fuir.

— C'était avant Noël, confessa-t-il. Le *party* au cours duquel j'ai eu ce terrible *black-out*. Je n'avais pas bu tant que ça. Et pas fumé beaucoup. En tout cas, pas au point d'en manquer de grands bouts.

— C'est un montage, rien de plus, supposa-t-elle.

La voix de sa sœur avait perdu sa confiance et son arrogance coutumières.

— Cath ?

Elle releva la tête ; ses yeux embrumés restèrent néanmoins accrochés au tapis.

— Ces vêtements, sur la photo... Ce sont les miens, certifia le garçon. Et je t'ai déjà vue avec ce soutien-gorge et cette petite culotte.

— Je ne suis pas la seule dans la Cité à porter les sous-vêtements de Victoria's Secret ! s'impatienta-t-elle.

— Cath... Ce n'est pas un truquage. C'est bien nous, sur la photo...

Rongée par la honte, la jeune fille se couvrit le front. Ses épaules tressautèrent.

— Cath, cette nuit-là…

Elle ouvrit la bouche pour respirer à pleins poumons. Philippe se rapprocha d'elle. Lui aussi pleurait.

— Est-ce que je t'aurais… obligée à…

Il ne parvenait pas à le dire. Il ne se résignait pas à imaginer qu'il ait pu, même avec les facultés affaiblies, abuser de sa propre sœur. Sa jumelle! Son âme brûlait et une odeur de soufre lui emplissait le nez. Il comprenait désormais mieux la réaction violente et dégoûtée de Kristofer Gunnarsen.

«Qui ne dit mot consent.» Et Catherine ne répondait rien. Il l'avait donc fait! en déduisit-il, terrassé. Il s'était abaissé à commettre un inceste, à salir le lien sacré qui l'unissait à sa sœur. Et pourtant, sa jumelle demeurait là, à dormir dans la même chambre que lui. À le voir jour après jour. À ignorer le mal qu'il lui avait infligé. À le protéger. À l'aider en lui donnant de l'argent. À moins qu'elle ne lui ait prêté les trois mille dollars dans le but qu'il sorte enfin de sa vie, pour ne plus jamais le revoir, pour mieux tirer un trait sur ce qui s'était passé entre eux.

— Pardonne-moi, la supplia-t-il, convaincu de ces torts horribles.

— Il n'y a eu qu'un baiser, reconnut-elle.

Sûrement parce que l'arrivée de Kristofer Gunnarsen avait mis fin à son crime infâme.

Qui pouvait dire avec certitude jusqu'où il aurait été sinon?

— Je… je t'aime, Philippe…

Malgré ce qu'elle avait subi, Catherine se montrait indulgente. Elle ferma les yeux et s'effondra contre lui, en larmes. Sans doute préférait-elle nier les faits et continuer à vivre aussi normalement que possible.

Philippe s'en voulut. Il avait tout gâché. Plus rien n'avait de sens. Depuis combien de temps nourrissait-il cette passion inavouable que l'alcool et la drogue avaient soudain révélée?

Son estomac se souleva. Son dos se voûta. Une bile grumeleuse remonta dans sa gorge. Il s'empressa de gagner la salle de bain pour aller vomir.

○

Depuis sa suite de l'hôtel Beau Rivage à Genève, Paul Szabo relut pour la troisième fois le message de la police envoyé par l'intermédiaire de son compte Facebook. Il pesta. Que signifiait ce reçu numérisé placé en pièce jointe?

Dès le départ, il n'avait pas apprécié les règles trop souples du concours qui permettaient à de jeunes inventeurs comme Kristofer Gunnarsen de bouleverser l'ordre établi. Et que penser du bris accidentel du prototype du garçon, sans compter la façon dont son dossier avait disparu des fichiers du CNRST au lendemain de sa mort ? Non, il n'aimait pas cela. À croire que le directeur général du centre lui cachait quelque chose. En temps normal, il se serait empressé de contacter William Fraser avant de répondre à la police et de fixer un rendez-vous sur Skype. L'attitude louche de son patron le poussa cependant dans la direction contraire.

Sous le message toujours affiché à l'écran, dans l'encadré blanc servant à inscrire sa réponse, le curseur clignotait avec impatience. L'homme levait les mains au-dessus de son clavier pour taper une formule de salutation quand on frappa à la porte de sa chambre.

— *Room service !*

Szabo n'avait rien commandé. Ça devait être une erreur. Il se leva et alla répondre.

14

LA CLÉ USB

Mercredi 31 janvier...

Le couperet oscillait, sur le point de lui trancher le cou. Philippe ne donnait plus cher de sa peau. Quand l'inspecteur Duquette verrait la photo, il débarquerait aussitôt chez les Mandeville. Combien d'heures de liberté lui restait-il? Serait-il encore là pour le dîner?

Ses parents ne roulaient pas sur l'or. Son père occupait un poste à temps partiel qui ne payait guère plus que le salaire minimum. Même chose pour sa mère. À eux deux, ils peinaient à élever leur famille au-dessus du seuil de pauvreté. L'adolescent détailla la cuisine de l'appartement. Des tuiles manquantes derrière l'évier, des cernes d'humidité et de moisissures sur les murs, un robinet qui gouttait en permanence, des morceaux du linoléum arrachés, et le système de refroidissement du réfrigérateur qui connaissait souvent des ratés, à tel point qu'il fallait parfois jeter son contenu à la poubelle. Ils n'avaient même pas assez d'argent pour acheter un appareil d'occasion.

Philippe rêvait de fuir ces lieux insalubres. Or, l'éventualité d'un départ précipité l'emplissait d'angoisse. Malgré l'état déplorable du logis, il aurait soudain donné son âme pour rester là avec les siens, avec ceux qu'il aimait.

Ses parents mangeaient des tartines de confiture tout en devisant, à cent lieues de se douter de la brique sur le point de traverser le plafond. Quant à Catherine, elle parlait et gesticulait comme si de rien n'était. Elle devait pourtant bien se douter de ce qui arriverait ce jour-là !

Le garçon embrassa sa mère sur la joue. Il donna deux petites tapes sur l'épaule de son père, comme tous les matins depuis des années. «Le calme avant la tempête», estima-t-il.

— On en a de la chance, pas vrai, maman ? fit son père.

— Ah pour ça, oui ! lui répondit sa femme, tout sourire.

Jamais monsieur et madame Mandeville n'avaient parlé devant leurs enfants de leurs ennuis financiers, des fins de mois difficiles. Ils respiraient l'amour et la complicité. Avec de tels alliés, les obstacles devenaient plus faciles à surmonter, le bonheur plus facile à toucher.

— On a une famille extraordinaire ! certifia l'homme, entre deux bouchées.

— Et des enfants en or qui s'entendent à merveille, renchérit son épouse sur un ton presque lyrique. Il y a tellement de chicanes dans les autres foyers. C'est précieux, ça !

— Quand on est ensemble, on a tout ! conclut le père de famille.

— *Amen !* commenta sa femme en se signant.

Le couple conclut ses congratulations d'un petit baiser.

Philippe se sentit nauséeux. Ils ne seraient bientôt plus ensemble. La famille se fracturerait. Le garçon en avait déjà rayé la carapace même s'il n'était pas coupable du meurtre de Kristofer Gunnarsen. Cette fois, à cause de ses désirs incestueux, la coquille volerait en éclats.

Chez lui, dans son bureau qui donnait sur le jardin, Sarto Duquette se renversa dans son fauteuil, les mains derrière la nuque. Sur son secrétaire s'étalaient les feuilles éparses d'un compte rendu reçu la veille, de même qu'une photo. Les deux documents concernaient Philippe Mandeville.

Le policier secoua la tête. Était-il en train de perdre son jugement? Depuis le retour du jeune homme chez ses parents, il aurait pu jurer que son suspect ne mentait pas, qu'il n'avait pas tué son camarade de classe. Il s'agissait d'une sorte de sixième sens, d'intuition qui ne le trompait jamais. L'inspecteur parvenait à lire dans l'âme des gens mieux que les ventouses d'un détecteur de mensonges. Pourtant, les deux pièces à conviction devant lui donnaient encore plus de poids à la thèse du crime passionnel, de la sordide histoire de mœurs.

Duquette se leva et s'immobilisa devant le vieux téléviseur Zénith que son père lui avait donné pour son premier appartement de célibataire. L'appareil datait de 1976. Les boutons de réglage se trouvaient à droite de l'écran à tube cathodique, sur le devant. Il n'y avait pas de télécommande. Et l'enquêteur aimait ça! Il appuya sur le bouton d'alimentation.

La télévision s'alluma avec sur un bruit de vrombissement qui s'atténua peu à peu. Le bulletin de nouvelles du matin commençait à peine. La présentatrice du journal divulguait les faits saillants de l'actualité, puis elle se mit à parler de la mort d'un ressortissant à Genève. Aussitôt, l'inspecteur amplifia le volume.

— ... il assistait à un important congrès dans la ville suisse. Selon les autorités policières, un cambriolage serait à l'origine de sa mort, survenue en début de soirée, hier, dans sa chambre de l'hôtel Beau Rivage, où d'autres vols ont aussi été constatés. La police locale ne détient pour l'instant aucun suspect. Paul Szabo était bien connu des médias, puisqu'il figurait souvent parmi les spécialistes en économie invités sur les plateaux d'émissions d'affaires publiques ou de bulletins de nouvelles...

Un témoin de l'affaire Gunnarsen. Mort. Assassiné. Coïncidence ou conséquence? Un cartel devait forcément avoir le bras long, très long même. Si les défenseurs de l'obsolescence programmée étaient impliqués dans l'affaire, jusqu'où leur «morale» capitaliste leur permettrait-elle d'aller?

Duquette éteignit le poste de télévision et réfléchit. D'un côté, la thèse passionnelle. De l'autre, la théorie d'un complot économique. Entre les deux, sa raison tâtonnait. Chaque fois qu'un nouvel élément de preuve faisait pencher la balance en faveur de l'une des hypothèses, un fait inattendu venait rétablir l'équilibre. En fin de compte, il piétinait.

« Alors, pas le choix d'aller voir où les deux options mènent », décida-t-il.

Posté devant la porte-fenêtre du salon, Philippe observait la rue, en contrebas. Rien ne bougeait. Rien d'inhabituel, en tout cas. Puis, vers 11 heures, une voiture stoppa à la hauteur de celle des policiers qui assuraient sa surveillance à domicile. L'inspecteur Duquette en descendit et mit aussitôt le cap sur l'immeuble où habitaient les Mandeville.

L'adolescent se tourna vers la porte d'entrée. Ce n'était plus qu'une question de secondes. Il se mit à les compter. Une, deux, trois… Ça tombait mal. Ses parents ne travaillaient pas ce jour-là. Ils assisteraient donc à son arrestation. Car il ne se faisait pas d'illusions sur son sort.

Dix-huit, dix-neuf, vingt… Les policiers débarqueraient-ils avec fracas ou agiraient-ils avec sobriété ? Utiliseraient-ils des menottes ? Lui permettrait-on d'embrasser ses parents ?

Trente-trois, trente-quatre, trente-cinq…
L'enquêteur se contenterait-il de l'emmener ou
exposerait-il ce qui le poussait à procéder à son
arrestation? Sa mère pleurerait-elle, crierait-
elle, sauterait-elle au visage du policier? Son
père resterait-il sans voix? Passerait-il en mode
injures? Et Catherine?

La première minute d'anticipation se termina. La deuxième venait de s'amorcer. L'attente se prolongeait. L'angoisse culminait.
Philippe imagina Duquette dans l'escalier,
grimpant un étage à la fois.

— Ça va, mon chéri? s'informa sa mère qui
commençait déjà à préparer le dîner. Tu n'as
pas l'air dans ton assiette…

Le garçon ne l'entendit pas. La troisième
minute s'enclencha. Il ne pensait qu'à la progression de l'inspecteur, qu'aux secondes de
liberté qui lui restaient. À présent, l'homme
devait être au bout du corridor, là, au même
étage. À quelques mètres de distance.

— Philippe? l'appela Catherine, elle aussi
intriguée.

Il ne répondit pas. Son père et sa sœur
remarquèrent qu'il fixait la porte avec une
intensité peu coutumière, entre la panique et
la sévérité.

— Ils arrivent, c'est ça? bredouilla la jeune
fille, perspicace.

L'insouciance venait de la quitter pour de
bon.

Quatrième minute… Duquette aurait déjà dû être là. Qu'attendait-il? Était-ce sa façon de jouer avec les nerfs d'un suspect? Philippe prit une inspiration pour tenter de se détendre. Où en était-il rendu dans son décompte? Il ne le savait plus. Puis, trois puissants coups frappés contre la porte le firent sursauter.

— Qui ça peut être? s'étonna sa mère, des carottes dans les mains.

— Il n'y a que le concierge pour venir à cette heure-là, évalua monsieur Mandeville. Ça ne peut quand même pas être lui. Le premier du mois, c'est demain…

Son fils avait beau être suspecté dans une histoire de meurtre, l'homme jugeait ridicules les allégations des policiers à son égard. En dépit de son assignation à résidence, leur vie se poursuivait dans un semblant de normalité. Être ensemble, voilà ce qui primait. La seule chose qui différait avec leurs habitudes d'autrefois, c'était que le garçon ne fréquentait plus l'école.

— J'y vais! s'écria l'adolescent en fonçant vers l'entrée.

Il défit les loquets, tira la porte à lui. Les traits peu avenants de Sarto Duquette apparurent. Encadré de deux policiers, l'inspecteur le salua avec toute la rigueur professionnelle que commandait la situation. Il prononça les paroles tant redoutées. Madame Mandeville faillit s'évanouir; son mari s'indigna et tint à connaître les raisons qui motivaient la police de la Cité à procéder à l'arrestation de son fils.

— Nous avons de nouvelles informations au dossier, monsieur.

— Lesquelles, je vous prie ? se renseigna le père de famille.

L'enquêteur n'eut qu'un bref regard vers son suspect.

— Au cours de sa fugue, votre fils a dépensé une somme considérable en argent comptant. Près de trois mille dollars en soixante-douze heures. La grande vie, quoi ! Les caméras de surveillance de certains commerces l'ont filmé pendant ses transactions.

Une multitude de pensées teintées d'angoisse traversèrent l'esprit de monsieur Mandeville. Comment son fils s'était-il procuré une somme pareille ? Vol ? Prostitution ? Trafic de drogue ?

— De plus, ajouta l'inspecteur en civil, une preuve soumise hier nous incite à croire que…

Duquette hésita. Il se rappela que les parents de Philippe, très croyants et pratiquants, ignoraient tout de l'orientation sexuelle de leur fils. Ainsi que de son penchant pour l'inceste, comme le laissait supposer la photo remise par Sophia Brunelle à ses collègues. L'enquêteur décida de ne pas entrer dans les détails.

— … que Philippe aurait pu vouloir tuer Kristofer Gunnarsen à cause d'actes illicites qu'il ne tenait pas à voir étalés publiquement.

Le garçon soupira d'aise malgré le visage de l'inspecteur qui se refermait davantage.

On les ménageait, sa famille et lui. Cela ne durerait toutefois pas.

— Je suis désolé de gâcher votre journée, s'excusa l'officier de la brigade criminelle. Nous devons procéder.

D'un air résigné, Philippe attrapa son manteau, mit ses bottes et quitta l'appartement, escorté des deux policiers restés en retrait. Duquette jeta un furtif coup d'œil à sa jumelle qui n'avait pas dit un mot depuis leur arrivée. Catherine assistait à la scène sans la voir ni la comprendre. Elle pouvait porter plainte contre son frère. Accepterait-elle, elle qui, depuis le début de l'enquête, le défendait pourtant bec et ongles?

« Les liens du sang sont souvent irrationnels et plus forts que tout », songea l'inspecteur. Avant de rejoindre ses collègues et le jeune suspect, Duquette déposa discrètement sur la crédence le mandat d'arrestation qui expliquait les raisons de celle-ci. Les Mandeville en prendraient connaissance plus tard. Digérer un événement à la fois, c'était toujours plus facile…

Seule dans sa chambre, Catherine ignorait le brouhaha de l'appartement, fait des pleurs de sa mère et de l'incompréhension de son père.

L'hypocrisie. Cette odieuse calamité s'était faufilée dans leur vie. Par sa faute à elle.

À bien y penser, il ne s'agissait pas de cela, non, plutôt d'une omission. Ne rien dire, ne pas parler, laisser croire, se contenter de pleurer. Une attitude neutre et louvoyante se révélait parfois plus destructrice que la vérité.

L'ampleur de sa trahison lui apparut soudain dans toute son horreur. Grâce à l'aide providentielle de Jonathan, elle gardait toutefois espoir de démêler très vite cet imbroglio. Dès que son complice mettrait la main sur la clé USB de Kristofer, la situation se retournerait d'un coup. Mais quand ?

Après avoir déposé son sac d'école chez elle, Sophia erra deux bonnes heures dans le parc, à quelques coins de rue de sa maison. La nuit tombait sur la Cité sans que les lampadaires diffusent leur lumière rassurante. L'obscurité l'enveloppa. Le quartier lui parut terrifiant. Son esprit s'affola, sa respiration s'emballa. Elle se mit à courir.

Enfin de retour, elle s'empressa de déverrouiller la serrure, guettant les silhouettes menaçantes qui pouvaient surgir. Ces derniers jours, elle se sentait épiée, suivie. Était-ce la réalité ou le fruit de son imagination ?

Elle entra et ferma aussitôt la porte à double tour. La cuisine était plongée dans le noir. Sa mère n'était pas encore revenue du salon de coiffure. Elle tendit la main vers l'interrupteur quand le téléphone fixe, sur le comptoir, retentit. Elle retira ses bottes en vitesse et alla répondre. Encore une fois, le silence plat. Après ce qu'elle avait lu dans le journal de Kristofer, son esprit procédait-il à une sorte d'identification à son défunt petit ami?

— Vous pourriez au moins vous excuser! lança-t-elle dans le combiné. Ça ne coûte rien!

La lumière éclata soudain autour d'elle et elle sursauta. Elle aperçut sa mère, le manteau ouvert sur ses épaules.

— Tu m'as fait peur! Je… ne t'ai pas entendue.

— Ça te dit, une pizza, ce soir? proposa Julie Brunelle en rangeant ses vêtements d'extérieur dans la penderie.

— Extra olive? suggéra sa fille, tout sourire.

— Pas de problème…

— Super!

La femme se lava les mains et commença à préparer les légumes. Sophia monta dans sa chambre. Quand elle arriva sur le palier, elle entendit sa mère fredonner. La métamorphose la stupéfia. La trêve perdurait au-delà de ses propres espérances. Que s'était-il passé dans la tête de Julie Brunelle pour qu'elle adopte soudain une attitude si gentille et avenante? Au fond, Sophia ne voulait pas le savoir. «Pourvu que ça dure le plus longtemps possible», souhaita-t-elle.

Dès qu'elle alluma le plafonnier, l'adolescente nota la présence de sa veste kaki par terre, près de la chaise de son secrétaire. Elle fronça les sourcils. Elle se rappelait l'avoir placée sur le dossier, et d'une façon précise qui l'empêchait de glisser sur le tapis. Redoutant le pire, elle bondit et ramassa le vêtement. Elle le retourna sans ménagement, tâta le tissu, sur le devant, là où une poche intérieure discrète était cousue. Elle était vide!

Paniquée, elle éparpilla les nombreux papiers encombrant son bureau. Elle les prit, les feuilleta, et les lança dans les airs. Ils retombèrent autour d'elle, tapissant le sol. Elle vérifia le contenu de son sac d'école. Son ordinateur avait disparu lui aussi! Un déclic s'opéra dans son esprit. La colère l'envahit. Elle descendit rapidement les marches jusqu'à la cuisine.

— Tu es venue dans ma chambre.

C'était davantage une affirmation qu'une question.

— Non, répondit sa mère sans lever le nez de la planche à découper sur laquelle elle éminçait un oignon.

— Tu étais déjà là quand je suis rentrée du parc! glapit la jeune fille. Tu es montée et tu as fouillé! Tu l'as cherchée et tu me l'as prise!

Julie Brunelle posa son couteau et tourna vers sa fille des yeux rougis par les molécules volatiles du bulbe.

— Et j'aurais pris quoi au juste?

— La clé!

— Celle que les policiers te demandent depuis des jours?

— Donne-la-moi! lui intima l'adolescente en tendant la main.

— Tu te trompes, So, je…

— C'est pour ça que tu es si gentille avec moi! Hein? C'est pour ça que tu m'offres mon plat préféré! Parce que tu as mis la main sur la clé!

Folle de rage, Sophia donna un coup de poing sur la planche à découper. Sa mère eut tout juste le temps de récupérer le couteau avant qu'il ne tombe et ne la blesse. Les morceaux d'oignon volèrent dans la pièce, la planche heurta le sol.

— Tu ne me manqueras pas de respect, Sophia Brunelle! s'écria la femme en brandissant l'ustensile. Ni dans ma maison ni ailleurs! Je ne sais pas de quoi tu parles! Alors, tu vas t'excuser et me…

Elle interrompit sa phrase ainsi que son mouvement de menace. Son regard dévia vers la pièce. Elle paraissait analyser une information qui venait de surgir dans son esprit. Elle devint aussi blanche qu'un drap.

— Oh, mon Dieu!

Ce soudain changement d'attitude alerta Sophia. Un fait de haute importance devait se rappeler à sa mère, pour que celle-ci mette de côté sa légendaire colère envers sa fille, et surtout qu'elle se trouble à ce point.

— Je crois qu'on est entré par effraction, souffla-t-elle, toujours en train d'analyser la situation.

— Quoi?

— Quand je suis revenue, quelques minutes avant toi, la porte était déverrouillée. J'ai cru que j'avais peut-être oublié de bien refermer ce matin. Je suis montée pour vérifier si tout était en ordre. Quand j'ai vu ton sac dans ta chambre et que tu n'étais pas là, je me suis dit que tu avais sans doute négligé de fermer à clé avant de repartir. Mais ça, ça ne t'est jamais arrivé avant... Ce n'est pas toi, hein?

Sophia le confirma d'un signe de la tête.

— Est-ce qu'il manque autre chose à part cette clé?

— Mon ordi, répondit l'adolescente. Je... je ne l'ai pas trouvé non plus. Je l'avais laissé dans mon sac. J'en suis certaine.

Aussitôt, la femme jeta le couteau dans l'évier, s'essuya les mains sur son pantalon et attrapa le téléphone. Elle composa un numéro et, au bout d'un court instant d'attente, demanda l'inspecteur Duquette.

Sophia retint son souffle. Si on l'avait bel et bien volée, le policier lui reprocherait de ne pas lui avoir remis la clé et, de plus, il la tiendrait responsable de ne pas avoir su protéger l'unique preuve de l'invention et des soupçons de Kristofer. Le reçu du CNRST qu'elle avait accepté de lui donner allait-il suffire pour qu'il arrête le véritable assassin du garçon?

Car, dans son esprit aussi, deux théories se disputaient la première place.

Autre fait pour le moins dérangeant, le voleur savait qu'elle était en possession d'informations. Il devait se douter qu'elle avait lu le fichier. Elle pouvait donc révéler ce qu'il contenait. Il savait où elle habitait. Son étrange sensation d'être suivie et les incessants appels anonymes venaient-ils de là? Courait-elle un danger?

Viktor avait préparé le souper. Même s'il ne s'agissait que d'un repas surgelé prêt en moins de quatre minutes au four à micro-ondes, il y avait pensé et cela seul comptait. Du bœuf braisé servi avec des pâtes. Serviettes de table, verres et pichet d'eau… Il était un garçon parfait. Kristofer aussi l'avait été. Ingrid Gunnarsen écrasa la larme qui perlait au coin de son œil et s'assit à côté de son fils cadet.

— Merci, Vik. Tu prends si bien soin de moi.

Il sourit d'un air triste. Sa mère ne pouvait pas lui laisser sur les bras toutes les responsabilités de la maison. Le garçon devait recommencer à jouer, à rire, à aimer la vie. Comme elle d'ailleurs. La meilleure manière d'y parvenir consistait encore à donner l'exemple.

Ils mangèrent, discutant de l'école et des devoirs du garçon, l'unique sujet de conversation à peu près normal entre eux.

Après le repas, Viktor lui apporta une enveloppe cachetée.

— Il y avait ça pour toi, dans le courrier.

Elle la prit. Un puissant vertige s'empara d'elle. Cette écriture… elle appartenait à Jørgen, son ex-conjoint! Une lettre de lui. Pourquoi s'obstinait-il? Pourquoi ne la laissait-il pas tranquille?

— Merci, marmonna-t-elle, tentant de cacher son trouble.

Elle glissa la missive dans la poche de son peignoir et desservit la table. Elle rangea les assiettes, les verres et les ustensiles dans le lave-vaisselle. Elle aida son fils dans ses leçons et devoirs. En fin de soirée, elle retourna dans sa chambre.

Assise au bord du lit, Ingrid Gunnarsen reprit l'enveloppe et la fixa longtemps. L'ouvrir et la lire? Ou la déchirer et la jeter? Sa curiosité l'emporta.

Chère Ingrid,

Depuis que tu m'as quitté, j'ai toujours su où tu vivais. Bien que j'aie respecté ta volonté, je me manifeste aujourd'hui pour te soutenir dans le drame que tu traverses. Je ne te demande pas de me donner une seconde chance. J'ai tout gâché et je l'assume. J'aimerais néanmoins te voir, te parler, avoir la chance de m'excuser…

Jørgen

Que devait-elle faire ? Pouvait-elle le croire ? Comment s'en assurer ?

L'ignorer, décida-t-elle. Ne rien faire, ne rien dire. Ne pas revenir en arrière. Jamais.

15

LA THÉORIE DE SOPHIA

Jeudi 1ᵉʳ février...

Sarto Duquette n'avait pas besoin d'ouvrir la bouche pour que Sophia devine sa déception et sa frustration. L'enquête tournait en rond autour de ses suspects. Il ne parvenait pas à saisir le bon angle, celui qui lui permettrait d'acquérir une certitude absolue.

— J'aurais dû aussi faire surveiller ta maison…, souffla-t-il à l'intention de la jeune fille.

Celle-ci s'étonna.

— Comment ça *aussi* ?

Les tenants et les aboutissants de l'affaire Gunnarsen échappaient à l'inspecteur. Il s'en voulait de ne pas avoir pris l'ensemble des précautions nécessaires afin d'assurer la sécurité d'un témoin.

— Quand j'ai compris que tu ne me remettrais pas la clé, je me suis dit que tu t'en allais droit vers la catastrophe. Alors, j'ai demandé à un de mes hommes de te prendre en filature et d'intervenir, le cas échéant.

L'homme au manteau rouge entraperçu ici et là, au cours de ses déplacements : il était donc de la police ! Voilà pourquoi il l'avait aidée quand une voiture avait failli la heurter.

Pour la protéger… Elle ne sut si elle devait se sentir soulagée ou furieuse qu'on ait ainsi alimenté son angoisse.

La jeune fille songea aux photos de Kristofer et elle. Grâce à leur présence réconfortante, elle avait enfin décidé de remettre la clé à l'inspecteur. Cela, c'était bien sûr avant qu'on ne la lui vole. Même si l'objet ne se trouvait plus en sa possession, tout n'était peut-être pas encore perdu.

Sophia lui révéla ce qu'elle avait appris grâce au logiciel de traduction. L'enquêteur écoutait, réfléchissait, supputait, et s'emballait. L'invention de Kristofer avait bel et bien un lien avec son ex-beau-père. Une pile infaillible, alors que l'homme d'affaires possédait plusieurs usines de fabrication de piles disséminées à travers le monde. Le gradé de la Criminelle rejeta la possibilité d'une pure coïncidence. Il ne disposait cependant d'aucune preuve matérielle.

Et cette clé… Tout le monde savait, même lui, que son contenu pouvait être trafiqué, modifié ou effacé.

— On dirait que ça ne vous aide pas, fit remarquer l'adolescente qui attendait sa réaction.

— Pas autant que je le voudrais.

— Ça vous donne au moins une piste, non ?

Au fond, la clé USB n'aurait jamais servi qu'à l'orienter dans une direction au lieu d'une autre. Et l'homme se tenait bel et bien devant un embranchement. Démêler les nœuds d'une banale histoire de mœurs dans laquelle un adolescent, amoureux éconduit et frère incestueux, assouvissait son désir de vengeance? Ou détendre un à un les ressorts d'un sinistre complot ourdi par un cartel protectionniste, soucieux de préserver ses acquis et sa domination économiques au point de soumettre les inventeurs rebelles à une sorte d'omertà?

— Puis-je vous poser une question, inspecteur?

Sarto Duquette émergea de ses réflexions.

— Je me demandais une chose, reprit-elle, elle-même fort pensive. Si c'est Philippe Mandeville le coupable du meurtre de Kristofer, pourquoi le CNRST semble-t-il concerné par l'affaire? Et si, d'un autre côté, le CNRST est responsable, alors qu'est-ce que Philippe vient faire là-dedans? Ça me paraît un peu gros, comme concours de circonstances. Vous ne croyez pas?

Sophia Brunelle avait beau accuser de nombreux retards scolaires, elle était néanmoins dotée d'un excellent esprit de déduction et d'une grande capacité à appréhender les situations.

— Tu veux devenir mon assistante?

— Je pourrais?

— Pourquoi pas? s'amusa-t-il. J'imagine que tu as une théorie…

Elle opina, le regard brillant.

— Et si le CNRST avait profité de Philippe Mandeville ? émit-elle tout haut.

Elle répondit elle-même à sa propre question sans donner le temps à l'enquêteur de placer un mot :

— Quelqu'un au CNRST découvre en quoi consiste l'invention de Kris. Le projet le contrarie, car il met en péril les principes de l'obsolescence programmée dont il est un ardent défenseur. Ou peut-être parce qu'il est associé d'une façon ou d'une autre au cartel des piles jetables. Il prévient le cartel qui décide d'éliminer Kris.

— De quelle manière ? la pressa Duquette, avide de connaître la suite de l'hypothèse.

— Pour ça, il faut un bouc émissaire, avança l'adolescente. Une bonne tête de Turc. La meilleure qui soit, en fait. Pour qu'on ne remonte jamais jusqu'au cartel. Entre le moment où Kris dépose son projet au concours et celui de sa mort, il s'écoule onze jours. Pendant cette période, n'importe qui chargé de le surveiller peut découvrir deux choses très intéressantes : premièrement, Kristofer se dispute souvent avec Philippe au point de le menacer ; deuxièmement, Philippe a rédigé un essai sur les explosifs. Ces deux faits sont connus. Un plus un, ça fait deux dans la tête de bien du monde. Ne restait plus qu'à orchestrer une explosion pour compromettre Philippe.

Duquette approuva.

— Et que fais-tu de la nature particulière des sentiments de Mandeville pour Kristofer? Et de ses penchants… incestueux?

Sophia secoua la tête.

— Pour le découvrir, ç'aurait pris beaucoup plus de onze jours, continua-t-elle. Et le CNRST ou le cartel n'avait pas autant de temps à sa disposition. Je pense que ces deux données se sont ajoutées aux premières, renforçant son statut de bouc émissaire parfait. Parfait jusqu'à ce que je tombe sur la clé USB et que je vous montre le reçu du CNRST.

La théorie de Sophia paraissait cohérente. Il restait toutefois plus d'un point obscur. L'argent qui avait soutenu la fugue de Philippe Mandeville, par exemple: le garçon était-il un pion malgré lui, ou avait-il été acheté? La pauvreté de sa famille avait pu compter dans sa décision de s'associer à une tierce personne. Avait-on pris le soin de lui expliquer les conséquences du rôle qu'il s'apprêtait à jouer? Cela, Duquette aurait juré que non. Sinon, Philippe Mandeville lui aurait dit tout ce qu'il savait. Depuis un bon bout de temps déjà.

Et la nouvelle assurance-vie prise au nom de Kristofer? Le cartel aurait-il pu contrefaire la signature d'Ingrid Gunnarsen dans le seul but de brouiller encore plus les pistes? Cela se pouvait fort bien.

— Merci, Sophia, dit l'inspecteur en se levant. C'était fort instructif.

— Mais ridicule, c'est ça?

— Non, pas du tout…

Il avait passé la nuit à la Centrale d'accueil général. La CAGe de la Cité, comme on l'appelait. Avec, tout autour, des visages de malfaiteurs en puissance ou de souris apeurées dans un lieu où l'on réunissait temporairement autant les jeunes en difficulté, en attente d'un placement familial ou psychiatrique, que les délinquants dont la longue feuille de route comportait des délits de toutes sortes et de vieilles habitudes de consommation de drogue.

Dans cette antichambre de l'enfer, Philippe pressentait que son avenir venait de sombrer dans un abîme dont il ne distinguait pas le fond.

— Je ne m'y habituerai jamais, prophétisat-il, la larme à l'œil.

À la CAGe, le silence n'existait pas, pas plus que l'intimité. On y avait parqué le garçon. Pour une ou deux journées ou pour plusieurs semaines? Le système judiciaire, procédurier à souhait, se révélait d'une lenteur inouïe. Il aurait le temps de devenir fou. Il se ferait peut-être violenter par le chef de la place.

La porte de la chambre, qu'il partageait avec deux autres garçons partis en thérapie ou en classe de récupération, s'ouvrit. Un intervenant entra avec un air désillusionné et des vêtements fripés. Derrière lui suivait l'inspecteur Duquette. Celui-ci salua le nouveau pensionnaire des lieux, puis l'éducateur spécialisé les laissa seuls.

— Bien dormi?

— Vous vous moquez de moi ou quoi?

L'enquêteur détailla la pièce d'un regard circulaire.

— Pas mal, le vert pomme. Avant, les murs étaient jaune pipi.

— Ne jouez pas à ça avec moi! enragea l'adolescent.

Jusque-là, le policier avait adopté une attitude plutôt décontractée. Les menaces ne servaient pas à grand-chose. Il préférait user de psychologie. L'heure était néanmoins venue de provoquer les choses pour qu'elles avancent dans une direction ou dans une autre. Alors, il se montra intransigeant, presque indifférent.

— Pendant trois jours, tu ne t'es rien refusé, mon gars. Hôtel, restos… Tu as dépensé pas mal d'argent. Et pourtant, aucun retrait bancaire n'a été enregistré. Comment expliques-tu ça?

— J'ai trouvé de l'argent. C'est tout.

— On ne met pas la main sur trois mille dollars par hasard. Quelqu'un te les a donnés. Je veux savoir qui, comment et pourquoi?

— Qu'est-ce que ça va changer?

— Qui? éructa Duquette.

Le jeune suspect se contenta de soutenir son regard.

— Tu ne comprends pas encore que j'essaie de te sauver les fesses ? insista l'inspecteur, les traits durcis, le visage encore plus laid. Regarde-les bien, ces murs-là, mon gars... Ils risquent de faire partie de ton environnement pour un bon bout de temps !

Il pivota et frappa deux coups contre la porte qui s'ouvrit aussitôt.

— C'est Cath, avoua enfin Philippe. Le soir de l'explosion... je suis revenu à la maison. Je lui ai dit ce qui était arrivé et elle m'a donné de l'argent...

— Continue ! lui intima Duquette.

— Elle m'a donné trois mille dollars, mais elle avait l'air d'en avoir plus...

Catherine Mandeville. La sœur jumelle. Victime d'inceste. Qui avait aidé son frère à fuir. Qui avait pris sa défense dès le démarrage de l'enquête. Qui avait menti sur l'orientation sexuelle de la victime et sur l'intention de son frère de faire son *coming out*. Quelque chose boitait. Il manquait un élément ou deux pour que le raisonnement du responsable de l'enquête s'enroule sans accrocs.

— Depuis quand ça dure, avec elle ?

L'adolescent tourna vivement son visage en direction de l'inspecteur.

— Ça ne dure pas parce que ça n'a jamais commencé !

— Et la photo ?

Philippe Mandeville enfouit son visage dans ses mains et se mit à pleurer.

— Je ne suis pas comme ça, gémit-il. Je…
Je ne suis pas un salaud! Je n'aurais jamais fait
ça à ma sœur… Je l'aime trop!

— Justement!

Le garçon se redressa et dévisagea Sarto
Duquette en grimaçant de dégoût.

— Pas comme ça! Je ne l'aime pas de cette
façon-là, bon sang!

— D'accord, se radoucit l'enquêteur, cons-
cient qu'il n'en obtiendrait pas plus. Et l'argent?
Tu sais où elle l'a pris?

— Elle m'a dit que ça ne me regardait pas…

La rumeur de la salle des professeurs l'exas-
pérait. Ses collègues jacassaient, se plaignaient
de cancres qu'ils devaient supporter jour après
jour et qui détérioraient l'atmosphère de leurs
cours. Agnès de La Coulonnerie n'appréciait
guère ces épanchements publics d'impuissance
et de frustration, qui se terminaient invaria-
blement par un «eh-bien-j'espère-que-je-ne-
l'aurai-pas-dans-ma-classe-l'an-prochain-celui-
là!» émis par un ou deux collègues d'un niveau
supérieur. C'était de cette façon que, trop
souvent, les préjugés du personnel quant à la
mauvaise réputation de certains élèves pre-
naient une ampleur démesurée.

L'enseignante éteignit son ordinateur portable, rangea les petits plats de plastique de son
dîner dans son sac thermique, déposa celui-ci

dans son casier, puis se dirigea vers la bibliothèque où elle travaillerait dans le calme.

Lorsqu'elle franchit les tourniquets de l'entrée, elle remarqua Sophia Brunelle qui se
faufilait dans les allées consacrées aux livres de
sciences. Intriguée, la professeure la suivit. Elle
s'approcha de l'élève en se raclant la gorge.

— Bonjour, chuchota-t-elle. Puis-je vous
renseigner?

L'adolescente accueillit cette aide providentielle avec un bonheur discret.

— Je cherche des documents sur les piles
électriques. Je n'ai trouvé que ces deux livres: *Histoire de l'électricité* et *Ils ont inventé l'électronique*.

— C'est pour quel cours? Je croyais que
vous vous intéressiez à l'obsolescence programmée...

Sophia hésita. Jusqu'à quel point l'inspecteur Duquette était-il sérieux quand il lui avait
proposé de devenir son assistante? Elle ne
pouvait pas négliger les connaissances d'une
personne comme Agnès de La Coulonnerie.
Et grâce aux nouvelles informations obtenues,
elle se dépêcherait ensuite d'aller voir son
«patron».

— Les deux sont reliés, madame. Reliés à
Kristofer...

La femme n'eut pas besoin qu'on lui
explique davantage la situation. Les variables
de l'équation se positionnaient d'elles-mêmes.
Une pile. Voilà donc en quoi consistait le projet

que son meilleur élève avait soumis au Grand Concours national des jeunes scientifiques !

— Comment le savez-vous, mademoiselle ? la questionna-t-elle, intéressée au plus haut point.

— Il m'a laissé une clé USB où il décrivait ses travaux de recherche.

— Je peux l'examiner ? demanda l'enseignante, salivant déjà à l'idée de découvrir le travail de son défunt élève.

— Je me la suis fait voler.

Agnès de La Coulonnerie n'était toutefois pas prête à éteindre aussi vite le désir ni la curiosité que la jeune fille venait d'allumer en elle.

— Si vous avez pris connaissance du contenu de la clé, vous pourriez m'en faire un résumé…

Le regard de la professeure brillait encore plus que celui de l'inspecteur Duquette.

— Dites-moi, madame, éluda Sophia, est-ce qu'il existe des organisations qui établissent les normes de production de tous les objets qu'on utilise dans la vie courante ?

— Eh bien ! On appelle ces organisations des cartels ou des consortiums. Et pour répondre à ta question, non, il n'y en a pas pour tous les types de technologie. La plupart sont généraux, c'est-à-dire qu'ils englobent plusieurs secteurs d'activité, et tentent ainsi de contrôler les interactions économiques à l'intérieur de chaque secteur. Ils parviennent ainsi à mieux rationaliser l'offre globale. Des rumeurs circulent au sujet d'une certaine *Manus ferri*, par exemple. La Main de fer. Que je sache, on n'a jamais pu prouver que…

— Tout ça, c'est légal ? la coupa l'adolescente. Je veux dire… c'est connu de tous ? Et approuvé ?

La femme émit un « hum » dubitatif. Sophia venait d'aborder un sujet cher à la professeure de sciences et technologies. L'élève n'avait rien d'une cancre, contrairement à ce que l'enseignante avait entendu de la bouche de quelques collègues qui avaient commenté ses résultats scolaires.

— Je n'irais pas jusqu'à affirmer ça, rectifia Agnès de la Coulonnerie. Disons qu'à cause des visées économiques des entreprises, il existe une zone d'ombre où certaines décisions sont prises à l'insu des conseils d'administration, décisions qui ne prennent en compte ni les intérêts de la société ni les questions environnementales.

— Merci beaucoup, madame, répondit Sophia. Bonne fin de journée !

La jeune fille tourna les talons et quitta la bibliothèque, en se demandant si le chantage, la manipulation, la corruption, le vol et le meurtre pouvaient figurer dans ces fameuses zones d'ombre.

La professeure de sciences haussa les épaules devant ce départ précipité. Elle aperçut une table et termina l'heure du dîner assise devant son ordinateur éteint. Au lieu d'annoter les copies de ses élèves, elle ne cessait de songer à l'invention de Kristofer.

Dans l'allée suivante, le nez caché dans un livre ouvert traitant des génomes du monde vivant et relisant pour la énième fois le même paragraphe, stipulant que la plante *Paris japonica* avait le plus grand génome connu et faisait cinquante fois la taille de celui de l'être humain, Catherine Mandeville sourit. Sophia Brunelle n'avait plus la clé en sa possession !

Jonathan avait donc réussi à la lui dérober. Il allait bientôt communiquer avec elle pour la lui remettre. « Ce n'est plus qu'une question d'heures », exulta-t-elle.

Autre chose la faisait également soupirer de soulagement. Malgré les terribles accusations proférées quelques jours plutôt, Sophia Brunelle avait découvert, dans le contenu de cette clé, une piste, un lien vers un autre mobile à la mort de Kristofer Gunnarsen. Ce qui éloignerait les soupçons de son frère. Il ne lui restait plus qu'à attendre l'appel de Jonathan.

Assise sur le divan du salon, Ingrid Gunnarsen prit sur la table devant elle la lettre signée par Alvestad-Beck et la tendit à l'inspecteur.

— Jørgen m'a écrit ceci, annonça-t-elle de sa voix aux accents nordiques.

Sarto Duquette prit connaissance de la missive.

— Il a toujours détesté Kristofer qui le lui rendait bien, enchaîna-t-elle. Sa présence ici, si rapide après la mort de mon fils, pour ne pas dire presque… simultanée, me donne froid dans le dos. J'ai un mauvais pressentiment.

— Que voulez-vous insinuer, madame Gunnarsen?

— Je désire savoir si Jørgen a quelque chose à voir avec la mort de Kristofer. S'il vous plaît…

— Je venais justement vous poser quelques questions à ce sujet.

Catherine attendait. Elle surveillait ses appels. Rien. Pas de nouvelles de Jonathan. Selon ses estimations, le vol de la clé USB remontait au mardi ou au mercredi. Dans un cas comme dans l'autre, il aurait déjà dû la contacter. Pourquoi ne se manifestait-il pas? S'était-il fait arrêter par la police? L'hypothèse était plausible, bien que Sophia n'en ait soufflé mot à madame de La Coulonnerie. Peut-être parce que la police ne l'en avait pas informée. Ça aussi, c'était possible. Dans ce cas, l'inspecteur découvrirait avant elle ce que contenait le périphérique. Il ne tarderait pas à innocenter

Philippe si les informations le justifiaient. Or, ce dernier séjournait toujours à la CAGe…

Le silence du téléphone n'augurait rien de bon. L'adolescente se rongea l'ongle du pouce droit jusqu'au sang. Il existait une autre possibilité, beaucoup plus catastrophique, celle-là. Et si Jonathan l'avait bernée ?

— Merde ! grogna-t-elle en projetant son oreiller à l'autre bout de la pièce.

Trois tocs légers retentirent contre la porte de sa chambre.

— Ouvert, s'écria-t-elle tout en se dépêchant de replacer l'oreiller sur son lit.

Contre toute attente, le visage de l'inspecteur Duquette passa dans l'entrebâillement de la porte. Il entra et la referma derrière lui.

— Bonsoir, Catherine.

Elle ne le salua pas.

— Il est tard, constata-t-il. Je ne resterai pas longtemps. Aussi irai-je droit au but. Ton frère m'a parlé de l'argent que tu lui as prêté. Il m'a aussi avoué que tu en avais beaucoup plus sur toi, la nuit de l'explosion. Comment as-tu gagné une pareille somme d'argent ? D'où venait-elle ?

Elle grimaça. Derrière la question se profilait la double trahison de ce satané Jonathan !

— J'ai vendu des trucs.

Sans être un mensonge, sa réponse ne constituait pas pour autant la vérité.

— C'en fait pas mal de trucs pour plus de trois mille dollars, nota l'inspecteur en promenant un regard scrutateur sur la chambre. Que possédais-tu de si précieux pour en tirer autant?

La jeune fille continuait de le dévisager d'un air buté. Il comprit qu'elle ne collaborerait que s'il mettait tout de suite le doigt dessus. Il détestait jouer parce qu'il détestait perdre. Il ne prit pas le risque de se tromper. Il passa donc au second volet de sa visite.

— J'aimerais que tu me parles de ta relation avec ton frère.

Elle redressa la tête et les épaules. Il n'obtiendrait rien d'elle. Il l'avait su dès leur première rencontre.

— Tu peux porter plainte contre lui, tu sais, l'avisa-t-il.

Le silence plana entre eux. Le regard de Catherine était inflexible, amer aussi. Elle n'avouerait rien pour ne pas briser sa famille, même si celle-ci l'était déjà. «Ne le voit-elle donc pas?» la blâma l'enquêteur en son for intérieur.

— Qui protèges-tu au juste? Lui... ou toi?

Cette fois, le regard de Catherine Mandeville papillota, et elle perdit un peu de sa contenance. Sans savoir de quoi il en retournait, Duquette s'approchait lentement mais sûrement de la surprenante vérité de l'adolescente.

16

FIDÉLITÉ ET TRAHISON

Vendredi 2 février...

Lorsque Sophia entra dans la cuisine, elle découvrit sa mère assise à la table, les traits défaits et les yeux bouffis par les larmes.

— Qu'est-ce qui se passe ? Grand-papa…

— Non, non, la rassura-t-elle. Il ne lui est rien arrivé…

— Alors, quoi ? s'enquit la jeune fille en s'asseyant auprès d'elle.

Julie Brunelle renifla. Le courage lui manquait. Elle ne parvenait pas à répéter ce que son esprit n'avait pas arrêté de retourner en tous sens au cours de la nuit précédente. Elle ne se résignait cependant plus à garder ce secret pour elle.

— Tu lui ressembles beaucoup, dit-elle enfin d'une voix pleine d'émotion. Je te l'ai rabâché un millier de fois…

Sophia grimaça. Oui, elle l'avait souvent entendu, ce reproche. Pourtant, à cet instant précis et pour la première fois, la remarque ne comportait ni mépris ni déception.

— Ton père débordait de projets, d'enthousiasme, reprit la femme. Il avait des idées tellement originales… On ne s'ennuyait jamais en sa compagnie, tu sais. Rien n'était trop beau ou trop difficile à ses yeux. Quand il échouait, il gardait le moral, convaincu qu'il réussirait la fois suivante. Il avait une volonté à toute épreuve.

— Seulement, il n'avait aucun jugement. C'est ça ? Pas de bon sens, comme tu dis tout le temps ?

Les souvenirs de Julie Brunelle lui blessaient l'âme.

— Disons qu'il vivait à ce point dans le présent qu'il avait du mal à évaluer les conséquences réelles de ses gestes. Il ne possédait pas cette… maturité. Ses idées sensationnelles, eh bien, elles pouvaient devenir dangereuses. Pour toi, pour moi, pour lui. Ce n'était pas une question de mauvaise volonté. Il était comme ça. Personne n'y pouvait rien. Pas même moi. Et malgré tout l'amour que je ressentais…

— Je croyais que tu le détestais !

Julie Brunelle observa sa fille avec douleur et regret.

— Plus je perdais le contrôle sur mon couple, plus j'essayais de compenser en l'exerçant ailleurs. J'ai déversé mes espoirs sur toi. J'ai essayé de te transformer en une petite fille modèle. Je voulais que tu réussisses. J'espérais surtout qu'il ne te contamine pas avec ses idées de grandeur. J'ai obtenu le contraire : plus je tentais de t'éloigner de son emprise, et plus il te fascinait, plus tu l'idéalisais. Moi, j'étais normale, ordinaire, sans intérêt… Tu l'adorais.

J'avais besoin de votre amour, mais je n'existais pas à vos yeux. D'une certaine façon, sa maladie m'a prise dans ses filets. Moi aussi, j'avais besoin d'aide. J'étais bien trop orgueilleuse pour l'admettre. Avec le temps, c'est moi que j'ai appris à détester. Jamais je n'aurais pu en vouloir à ton père d'être un enfant dans un corps d'homme.

Sophia écoutait sans bouger, presque sans respirer.

— Pardonne-moi, So. En voulant te protéger, je ne t'ai fait que du...

Un puissant sanglot interrompit ces confidences trop longtemps retenues dans son cœur. Julie Brunelle n'avait pas été la mère qu'elle aurait voulu être.

— Il n'habite pas en Floride, hein ?

La femme secoua la tête.

— Il est interné dans une clinique, au nord de la Cité. Il ne se rend plus compte de rien, maintenant. Il vit dans son propre monde...

Sophia baissa la tête. Au fond, elle avait toujours su que son père était malade, qu'il était différent, un peu fou, très téméraire. À la manière de sa mère, elle aussi était trop orgueilleuse pour reconnaître que son père requérait des soins psychiatriques continus. Elle préférait croire que la mauvaise humeur et l'intransigeance de sa mère avaient brisé leur famille.

— Pourquoi me parles-tu de ça aujourd'hui ? demanda la jeune fille, la larme à l'œil.

— Parce que je t'aime. Parce que j'ai peur.

— Que je sois comme lui?

— Non, So. J'ai peur que tu gâches ta vie.

L'adolescente pensa à ses notes scolaires qui dégringolaient d'année en année. Elle ne consentait aucun effort sérieux pour redresser la situation. Elle participait certes à plusieurs séances de rattrapage. Or, rien ne la poussait à vouloir suivre la courbe moyenne des autres élèves, encore moins à se surpasser. Elle s'ennuyait.

— Je n'étais pas douée à l'école, enchaîna la mère. Et regarde où ça m'a menée... Je veux que tu puisses faire un vrai choix de carrière et que tu ailles loin.

— La coiffure, ce n'est quand même pas si mal, nota sa fille, indulgente.

— Mon travail, n'importe qui peut le faire, remarqua Julie Brunelle, presque honteuse.

Sophia tomba des nues.

— Tu ne gagnes peut-être pas des millions, mais tu vis bien, s'opposa-t-elle. Chaque jour, tu aides des dizaines de femmes à se sentir belles et mieux dans leur peau. Et tu dois t'y prendre plutôt bien puisque tes clientes te sont fidèles depuis de nombreuses années. Elles pourraient aller voir ailleurs, sauf que c'est vers toi qu'elles reviennent. Ce n'est pas rien, ça!

Sa mère l'écoutait, éperdue. Malgré des années de trahison et de dissimulation, elle découvrait que Sophia l'aimait, qu'elle prenait sa défense, qu'elle la soutenait.

— Merci de ne rien me reprocher, So, souffla-t-elle, reconnaissante.

La jeune fille prit sa mère dans ses bras. Elles restèrent longtemps soudées l'une à l'autre, comme pour rattraper les occasions perdues.

William Fraser revenait d'un dîner entre amis qui s'était un peu éternisé. À l'approche de l'édifice du CNRST, il remarqua une voiture de police. Son allure ralentit et ses membres se raidirent. L'inspecteur Duquette et sa tête de boxeur au nez cassé étaient de retour! Si par malheur celui-ci lui posait des questions au sujet de la mort de Szabo, il répondrait la vérité: il en était vraiment peiné!

Dès que le directeur général franchit les portes du Centre, il eut un imperceptible mouvement de recul. L'attendaient non seulement l'enquêteur chargé d'élucider le meurtre du jeune Gunnarsen, mais aussi Giulia Baghino! Il se ressaisit vite, jouant la carte de celui qui n'a rien à se reprocher.

— Giulia! s'exclama-t-il, la bouche tordue. Votre mère se porte-t-elle mieux?

L'ancienne secrétaire de l'organisme para-gouvernemental releva un sourcil tout en manifestant un certain snobisme à son égard.

— Et si nous passions dans votre bureau, monsieur Fraser? proposa Sarto Duquette.

— Bien sûr, répondit-il, avec un sourire feint. Je vous en prie...

Dans l'office du directeur général, madame Baghino s'assit dans un des fauteuils. Quant au responsable de l'enquête, il demeura debout, les mains jointes dans son dos. Il s'élevait sur la pointe des pieds pour revenir sur ses talons. Et il recommençait. Le balancement agaça Fraser qui desserra son écharpe pour mieux respirer.

— J'ai tout raconté à l'inspecteur, William, annonça l'ex-employée.

— Que vous êtes maintenant retraitée? énonça-t-il d'un air bon enfant dans l'espoir de faire contrepoids à la sévérité des deux visiteurs.

— Plutôt que vous m'y avez poussée en m'offrant une alléchante indemnité de départ.

— Après toutes vos années de loyaux services, vous la méritiez amplement, ma chère, la complimenta-t-il.

William Fraser se départit enfin de son paletot qu'il suspendit au portemanteau. Il vint ensuite s'asseoir dans son fauteuil à bascule.

— Et puis, il y avait votre mère...

— Qui n'a jamais été à l'article de la mort! précisa-t-elle.

— J'ai dû mal comprendre, alors..., se défendit-il.

— Je lui ai aussi raconté que vous m'avez demandé d'appeler le jeune Gunnarsen, rapporta la secrétaire. Et que vous étiez fort agacé quand je vous ai apporté, le 12 janvier dernier, le deuxième prototype du garçon.

Duquette fit un signe de la tête à la femme et celle-ci se retira sans ajouter un mot.

— Les circonstances entourant le départ précipité de madame Baghino me laissent perplexe, monsieur Fraser, déclara l'inspecteur, une fois que les deux hommes se retrouvèrent seuls dans la pièce.

Le directeur général haussa les épaules.

— Il existe plein de hasards dans la vie, plaida-t-il.

— Certains sont plus forcés ou plus providentiels que d'autres.

— Peut-être. Voyez-vous, en tant qu'homme de sciences, j'accorde peu d'importance à ce genre de choses. Je préfère les faits vérifiables.

— Les faits découlent des actions et des réactions, mais aussi des hasards, rectifia Duquette. Plusieurs découvertes majeures en sciences résultent d'ailleurs de la… comment vous dites, déjà, dans le jargon ? La "sérendipité" ?

Fraser avala sa salive de travers.

— Voilà ce que vous avez négligé en mettant le pied dans cette affaire, jugea l'enquêteur.

— Je ne… vous suis pas.

L'inspecteur fit un pas de côté et pirouetta sur lui-même. Il détailla la riche décoration de la pièce. Boiseries, meubles massifs, toiles, trophées, tapis persan, bibliothèque bien garnie… Il donna l'impression d'en apprécier chaque détail. En fait, les secondes qu'il laissait s'écouler servaient à aiguillonner l'inconfort de son interlocuteur. La plupart des gens, surtout ceux qui ont quelque chose à se reprocher, redoutent les silences qu'ils s'empressent de rompre. À cause de leur nervosité extrême ainsi que de leur désir de se montrer maîtres de la situation, les coupables finissent par se compromettre. Ce que, d'ordinaire, Sarto Duquette attendait avec une patience olympienne. Ce jour-là, il décida de ne pas faire durer son plaisir.

— Tout ça à cause d'un simple reçu émis par madame Baghino, suggéra-t-il.

Le directeur général cilla malgré lui.

— La secrétaire partie et Szabo mort, poursuivit l'inspecteur, vous pensiez que plus personne ne saurait jamais rien de l'invention du jeune Gunnarsen. Est-ce que je me trompe?

Le dos de Fraser se voûta à peine. Le poids de l'argumentation amorçait sur lui une très subtile pression. À son grand dam, sa gestuelle commençait à le trahir.

— Vous avez mal choisi votre cible, martela encore le policier. C'est Giulia Baghino que vous auriez dû éliminer, pas votre coordonnateur. Pour qui travaillez-vous, Fraser?

Il n'y avait plus de «monsieur» qui tenait, dorénavant. Le directeur général du CNRST déglutit. L'étau se resserrait.

— Vous allez à la pêche, inspecteur, déclara-t-il d'une voix chevrotante. Vous bluffez.

— Vous croyez ? Eh bien, j'espère que la Main de fer vous paie suffisamment pour que vous acceptiez de tomber seul et à sa place.

Fraser frémit, comme s'il venait de voir surgir un spectre au beau milieu de la pièce.

La Main de fer... La *Manus ferri*... Peu de personnes dans le monde détenaient la preuve de l'existence de cette organisation secrète œuvrant en parallèle des grands cartels qui régissaient le marché de l'électronique. Qui la dirigeait ? Qui composait son conseil ? Depuis combien de temps ? De combien de ramifications disposait-elle et dans combien d'États ? Lui, il ne connaissait, et c'était un bien grand mot, qu'un seul agent. Une femme... Qui était-elle ? Il n'en avait pas la moindre idée. Comment l'avait-elle recruté ? Un jour, il avait reçu un appel à la vigilance. Des sommes substantielles avaient ensuite été déposées dans un compte bancaire en Suisse afin de garantir sa fidélité à la cause de la Main de fer. Il n'avait été amené à agir pour la première fois que deux semaines plus tôt. Cette mystérieuse inconnue, il ne l'avait contactée qu'à deux reprises : quand Szabo lui avait parlé de l'invention de Kristofer Gunnarsen, puis quand la police était venue le voir avec le reçu émis par Giulia Baghino.

— Szabo était un idéaliste, finit-il par laisser tomber, vaincu et incapable de poursuivre dans la voie du complot. Son embauche a été une erreur...

« Ça y est », se réjouit Duquette. Son enquête se dénouait. Il avait joué l'audace en mentionnant le nom de la Main de fer. Il n'avait aucune certitude. Mais le poisson avait mordu à l'hameçon.

— Je ne suis qu'un pion, inspecteur. Jamais vous ne parviendrez à diminuer l'emprise de la *Manus ferri*. Ses phalanges sont beaucoup trop puissantes…

Sophia entrait dans la salle d'attente de la Centrale d'accueil général quand la porte du parloir s'ouvrit sur Catherine Mandeville. En larmes, celle-ci tituba vers une chaise et la renversa. Sophia redressa le siège et aida l'adolescente à s'y asseoir.

— C'est… c'est si difficile de le voir là…, hoqueta Catherine.

— Je comprends, mentit Sophia qui ne concevait pas qu'une victime d'inceste s'entête à défendre son agresseur.

— Non, tu ne comprends pas ! se braqua la sœur jumelle. Parce que c'est moi qui devrais prendre sa place…

Les mots avaient jailli d'un coup. Les remords la rongeaient. Elle ne supportait plus de garder au fond d'elle son terrible secret. Elle devait le confier à quelqu'un. À n'importe qui. Même à Sophia Brunelle.

— Tout est ma faute, se repentit-elle.

— Voyons, ton frère a…

Catherine s'agrippa au bras de sa nouvelle confidente avec une force incroyable.

— J'ai voulu le protéger. Kris le menaçait de tout dévoiler. En réalité, il n'aurait pu dire que des conneries…

Sophia avait vu la photo. La scène entre le frère et la sœur était pour le moins explicite. Elle laissa néanmoins la jumelle se vider le cœur.

— Un peu avant la mort de Kris, enchaîna Catherine, la voix étranglée de sanglots, je me suis fâchée avec lui. Il ne comprenait pas pourquoi je protégeais Philippe. Il disait que j'étais aussi perverse que lui. Peut-être même plus. Ça m'a mise dans un tel état…

L'adolescente marqua une pause. Elle s'épongea les yeux avec le revers de sa manche.

— Puis, j'ai rencontré Jonathan. Un gars vraiment cool. Un gars dont j'aurais pu tomber amoureuse, sauf que… eh bien, j'en aime un autre. Enfin bref, on discutait, Jonathan et moi, et là il me dit, comme ça, qu'il doit rédiger un travail pratique en sciences à l'université et qu'avec son travail de vendeur de voitures à mi-temps, il n'y arrivera pas. "J'ai de quoi payer pour pouvoir signer mon nom au bas d'un bon papier. Sauf que je ne connais personne d'assez doué pour en pondre un à ma place", qu'il m'a expliqué. Je lui ai tout de suite parlé de la rédaction de mon frère sur les explosifs et de la note parfaite qu'il avait eue. Jonathan n'en revenait pas d'être si bien tombé.

Ensuite, il m'a proposé: "Cinq mille dollars comptant contre le document, ça te convient?" J'hallucinais! Tout cet argent, sans effort, c'était trop génial! On n'en a tellement pas, chez nous. J'ai pensé que je pourrais faire taire Kris en lui en offrant une partie, genre cinq cents dollars. Et qu'avec le reste, on se paierait du bon temps. Alors, j'ai accepté l'offre de Jonathan. Je lui ai remis une copie du travail.

Sophia écoutait, peu certaine de bien cerner la portée des aveux de Catherine Mandeville.

— Après, tout s'est enclenché à mon insu, poursuivit la jumelle sur sa lancée. Je parle de l'explosion… Tu comprends, mon frère était une victime parfaite. Genre… Philippe aime Kristofer qui ne veut rien savoir et qui le menace devant tout le monde; Philippe et ce fichu travail sur les explosifs; Kris qui meurt justement dans une explosion… Quand mon frère est revenu à la maison, ce soir-là, et qu'il m'a appris ce qui venait d'arriver, je n'ai pas compris tout de suite que ce salaud de Jonathan s'était servi de moi. J'ai donné à Philippe une partie de l'argent.

Jusque-là, les confessions de la jeune fille remplissaient les espaces laissés en blanc dans la théorie de Sophia.

— Puis, j'ai entendu ta copine Michelle raconter que tu avais une clé USB qui décrivait une invention de Kris. J'ai cru que si je l'obtenais, j'arriverais peut-être à faire innocenter mon frère…

— Tu es entrée chez moi et tu m'as volée! s'indigna Sophia.

— Non, non, c'est… c'est Jonathan qui…

— Attends un peu! la coupa la confidente, la main levée. Qu'est-ce qu'il fait encore là, lui?

Catherine secoua la tête afin d'évacuer son erreur de jugement.

— J'ai beau avoir ma part de responsabilité dans la mort de Kris, je suis moi aussi une victime… de ma propre avidité. Et de…

Une silhouette apparut dans leur champ de vision. Les deux adolescentes sursautèrent en découvrant Philippe, escorté de son éducateur. Il dévisageait sa jumelle d'un air consterné. Il avait assisté en silence à sa confession.

— Tu m'as trahi, laissa-t-il tomber, indigné. Pour une stupide question d'argent!

— Il ne faut pas oublier la photo, lui rappela Sophia. Ça aussi, ça compte…

Le frère et la sœur se toisaient. L'un déçu, l'autre paniquée. Comme il allait lui tourner le dos, Catherine se jeta aux pieds du garçon.

— Pardonne-moi, Phil! Je… je ne savais pas ce que je faisais… Je… t'aime tellement… Pardonne-moi! Je croyais qu'il n'y avait personne, à ce moment-là de la fête, qu'on était seuls… Je… Personne n'aurait jamais dû le savoir… Parce que…

— De quoi tu parles? l'interrompit-il.

Sophia se posait la même question. Catherine retomba par terre, le visage ravagé par les larmes.

— Je t'aime, Philippe…

— Et puis, après? C'est normal, non?

— Non, ça ne l'est pas, rectifia-t-elle. Pas… pas comme ça.

Philippe essaya de décoder ce que sa sœur révélait, d'entrevoir les conséquences de son aveu.

— Pour la fête, pour la photo…, geignit Catherine entre deux sanglots. Tu n'as rien à te reprocher, Philippe. Absolument rien. C'est moi qui…

Les mots terribles qu'elle s'apprêtait à prononcer la brûlaient de l'intérieur.

— Je… t'aime… Tu comprends?

Le garçon fronça les sourcils, puis secoua la tête. Il refusait de laisser entrer dans son esprit la perspective odieuse qui se profilait soudain dans sa vie. D'un mouvement brusque de la jambe, il se dégagea de sa sœur avec mépris.

Tétanisés, Sophia et l'intervenant gardaient le silence, ne sachant comment réagir devant cette révélation. Une sœur étalait au grand jour ses sentiments pour celui qu'elle ne pouvait en aucun cas aimer.

— Parce que tu crois que je l'ai voulu, que je l'ai cherché? cria Catherine, désespérée. Parce que tu crois qu'on choisit celui qu'on aime, c'est ça? Pfft! Tu es pourtant bien placé pour savoir que non!

Elle songeait bien sûr aux nombreuses tentatives d'approche que son frère avait déployées sans succès auprès de Kristofer.

— Pourquoi je ne me souviens de rien, Cath? s'enquit Philippe qui repensait à la fête au cours de laquelle le jeune Norvégien les avait pris en photo. Pourquoi je ne me souviens pas de ce qui s'est passé entre nous?

Sa sœur ferma les yeux, honteuse. Elle n'avait pas besoin de fournir de réponse pour qu'il devine jusqu'où elle s'était abaissée afin de pouvoir l'aimer en cachette. Elle l'avait drogué à son insu. Elle l'avait trompé. Elle l'avait compromis dans une histoire de meurtre. Pire, le silence de Catherine lui avait fait croire que c'était lui le coupable de désirs incestueux alors qu'il en était en fait la victime!

— Tu n'es plus rien pour moi! clama-t-il en fuyant les lieux, ne désirant plus qu'une chose, se retrouver dans son horrible chambre aux murs vert pomme de la CAGe.

Catherine encaissa la sentence de reniement en s'effondrant sur le sol.

Jørgen Alvestad-Beck quitta son hôtel du centre-ville et monta dans un taxi qui le conduisit à l'aéroport international de la Cité. Dans la file d'attente pour faire valider son billet et enregistrer ses bagages, il composa un numéro sur son cellulaire. Pas de réponse. Il ne laissa ni message vocal ni texto. Il avança dans la file. Quand son tour arriva, son téléphone vibra dans sa main. Il se hâta de répondre.

— Pourquoi traînez-vous encore là-bas ? lui demanda de but en blanc une voix féminine.

— Je maîtrise la situation.

— Vraiment ? douta-t-elle.

— Peu importe ce que raconte notre contact du CNRST, personne ne remontera la filière. N'empêche que, pour quelque temps, il faudra faire preuve d'encore plus de prudence.

La Main de fer, aux phalanges tentaculaires, devait à tout prix maintenir son emprise invisible sur le monde.

— Et vous, Jørgen, votre discrétion ? s'informa sa correspondante. Qu'en faites-vous ?

Une des préposées du Scandinavian Airlines System l'invita d'un signe de la main à se présenter à son guichet.

— Je vous laisse, conclut JAB. On se reparle à mon arrivée...

Il coupa la communication, puis glissa son téléphone dans sa poche. Il procéda à l'enregistrement de ses bagages avant de se diriger vers la douane. Une heure plus tard, Alvestad-Beck montait à bord d'un Boeing 737 à destination d'Oslo.

17

LE CERCLE VERTUEUX

Avril…

La préposée du complexe funéraire ouvrit délicatement la porte vitrée derrière laquelle on avait déposé l'urne de Kristofer. Elle recula ensuite de trois pas en joignant les mains derrière son dos. Elle attendit en silence, la tête baissée.

Sophia caressa du bout du doigt une photographie de son petit ami et elle. Se remettrait-elle de ce premier amour ? Consentirait-elle un jour à aimer un autre garçon ?

La vie allait continuer. Elle le savait. Sa souffrance et sa peine s'atténueraient avec le temps. À cause de cette fin tragique que personne n'avait souhaitée, elle garderait toujours pour le beau Scandinave une place importante dans son cœur.

Elle porta la photo à ses lèvres, embrassa l'image du jeune homme en guise d'au revoir. Elle plaça ensuite le cliché dans la niche, tout contre la cinéraire.

— Merci, madame, dit-elle à l'employée du funérarium.

— Je vous en prie, mademoiselle.

Sophia Brunelle jeta un dernier coup d'œil à l'urne avant de partir.

○

Philippe Mandeville se réveilla en sursaut. Il repoussa les draps et s'assit. À côté, le lit de sa sœur était vide. Catherine n'habitait plus là. Leur oncle paternel l'hébergeait depuis quelques semaines. Le garçon, comme ses parents d'ailleurs, en voulait à la jeune fille. Pour l'heure, la réconciliation familiale paraissait inconcevable.

« C'est Cath qui s'en tire le mieux ! » déplora Philippe en grimaçant. Leur oncle était, au sein du clan Mandeville, celui qui avait le mieux réussi. À cause de ses désirs interdits, Catherine avait trouvé malgré elle la façon de fuir une vie misérable.

— Après ce que j'ai vécu, c'est moi qu'on aurait dû envoyer là-bas…

Ce qui l'aurait par contre privé de la présence de ses parents qu'il adorait.

Quand il repensait aux événements des derniers mois, les mêmes questions le taraudaient. Que s'était-il réellement passé entre sa sœur et lui ? Cette passion proscrite qu'elle lui vouait durait-elle depuis longtemps ? Il avait connu un seul épisode de *black-out* et Catherine lui avait juré qu'ils n'avaient rien fait de plus que de s'embrasser. Or, cette seule image mentale emplissait le garçon d'effroi.

Philippe n'avait pas porté plainte contre elle. Il s'était mis en tête de la punir par le reniement. Reviendrait-il un jour sur sa décision ? Il n'en était pas certain. Sa sœur avait été trop loin.

Catherine lui envoyait une multitude de messages sur son cellulaire. Lui ne décrochait pas le téléphone, ne la rappelait pas, ni ne lisait ses textos désespérés et repentants rédigés en majuscules. Il les supprimait au fur et à mesure.

Depuis trois jours, cependant, le calme plat régnait. Plus rien. Silence radio. Philippe vérifiait ses appels par habitude. Aucun ne provenait de sa sœur. Au début, il avait ressenti du soulagement. Désormais, il lui en voulait encore plus. Au fond, elle lui manquait plus qu'il n'acceptait de se l'avouer.

— Cath…

Pourquoi leur vie n'avait-elle pas pu suivre un cours normal ? Pourquoi sa sœur jumelle avait-elle laissé ses désirs dissoudre leur famille ?

L'adolescent finirait-il par retrouver son équilibre, par compenser le vide immense causé par le départ de Catherine ? Et s'il lui pardonnait ? « Non », jugea-t-il. Car quand elle lui sourirait, quand elle lui parlerait, quand elle lui toucherait le bras, il craindrait toujours qu'une intention trouble se cache en elle. Il repenserait alors à ce qu'ils venaient de vivre et se demanderait si elle l'aimait encore. Et jusqu'à quel point…

Il se rappela une vieille chanson du groupe U2. *With or Without You…* Il ne pouvait vivre sans elle ni avec elle.

○

— Je me suis demandé si nous devions partir, Vik et moi. Rentrer chez nous, au pays. J'y ai encore des amis. Et un peu de famille.

Ingrid Gunnarsen s'accorda une courte pause au cours de laquelle elle offrit un sourire discret à son interlocutrice.

— Après tout, j'ai quitté la Norvège pour fuir Jørgen.

— Maintenant que lui aussi est mort, plus rien ne vous empêche de retourner là-bas.

La femme approuva en silence. Elle but une gorgée de thé. La brise tiède d'avril effleura sa longue chevelure soyeuse.

La neige avait fondu. Le froid s'en était allé. Le renouveau débordait de toute chose. Les tulipes déjà écloses égayaient les plates-bandes. Le prunier japonais décorant le jardin des Gunnarsen bourgeonnait. Il allait bientôt fleurir. Et le soleil… Il émergea d'un nuage pour baigner le visage de la Scandinave. Elle se laissait embrasser par cette douce lumière, par cet air bonifiant. La vie renaissait en elle.

— Vous êtes très belle…

Ingrid Gunnarsen l'était. La dernière fois qu'elle s'était sentie vivante à ce point remontait à l'époque de ses deux grossesses.

— Merci. Tu es gentille.

Sophia savoura lentement son thé pour ne pas montrer son malaise. Elle ne souhaitait pas le départ des Gunnarsen. Si la mère et son fils cadet déménageaient, ils emporteraient sûrement avec eux les cendres de Kristofer. L'adolescente n'avait pas encore terminé son deuil. Et elle aimait rendre visite aux Gunnarsen. Cela lui donnait l'impression que son petit ami était toujours là, à l'étage, en train de se préparer à sortir avec elle. C'était une façon de tricher, de nier la réalité. Elle le savait fort bien. Elle ne parvenait toutefois pas à s'en empêcher.

— Nous avons décidé de rester, annonça la mère de Kristofer.

Le visage de Sophia s'illumina ; celui d'Ingrid se referma. L'adolescente comprit qu'elle devait lui dire adieu.

— Kris vous adorait. Il serait heureux d'être ici, au grand soleil, avec nous.

— Je le fais par amour pour lui et pour Vik. Avant qu'il ne soit vraiment trop tard.

Son fils aîné avait tant désiré son épanouissement, son retour à la vie. Si sa mère ne lui avait jamais reproché le temps qu'il passait dans son laboratoire ou les repas en famille qu'il négligeait, Kristofer ne l'avait non plus jamais blâmée de ne pas se chercher un emploi ni de refaire sa vie avec quelqu'un de bien. À leur manière, la mère et le fils avaient préféré se cantonner dans le passé. La première en

développant une angoisse maladive, le deuxième en nourrissant sa soif de vengeance.

Ingrid Gunnarsen s'essuya le coin de l'œil.
Elle regrettait que Kristofer ne soit plus là pour
profiter de sa transformation, pour qu'ensemble
ils deviennent une famille «normale».

— Toi aussi, tu es belle, Sophia. Et si jeune…

La jeunesse avait le pouvoir de résilience.
Pas celui d'oublier ni de pardonner, plutôt celui
de mieux accepter et de poursuivre. Sophia eut
l'impression que la mère de son défunt petit
ami lui donnait sa bénédiction pour aimer de
nouveau.

L'adolescente se leva.

— Prenez soin de vous, Ingrid. Et de Vik.

— Je n'y manquerai pas.

La jeune fille s'éloigna, consciente qu'elle
ne reviendrait plus jamais en ces lieux.

— Sophia?

La visiteuse se retourna, haletante.

— Kris aussi, il t'aimait, lui dit-elle.

Malgré ses larmes, Sophia esquissa un
sourire.

Sarto Duquette tria différents papiers épar-
pillés sur son bureau. À peine une enquête
prenait-elle fin qu'une autre la remplaçait aussitôt. Les criminels ne chômaient jamais. Sinon,
il devrait réorienter sa carrière. Avant de se

plonger dans l'étude d'un nouveau cas d'homicide, il repensa à l'affaire Gunnarsen.

Le dossier n'était pas complètement classé, bien que l'intervention du service de police de la Cité ait cessé. Interpol avait pris le relais après que William Fraser eut avoué son affiliation à la Main de fer ainsi que les démarches effectuées pour que l'invention de Kristofer Gunnarsen ne soit jamais connue du public. La déposition du directeur général du CNRST avait contribué à mettre au jour certaines méthodes similaires utilisées dans d'autres pays. Il ne s'agissait hélas que d'un arbre dans une vaste et dense forêt d'activités illégales que la police internationale surveillait depuis des années. Faire tomber une telle organisation secrète aux ramifications tentaculaires demandait de la patience, de l'énergie, de la stratégie et beaucoup d'investissements en capitaux, approches, infiltrations et autres. Sans compter le risque de perdre des effectifs sur le terrain. Son démantèlement ne s'effectuerait pas en deux temps trois mouvements.

« Au moins, se dit Duquette, Philippe Mandeville a retrouvé le chemin de la liberté. » Quant à Jørgen Alvestad-Beck, il avait été victime d'un infarctus quelques jours seulement après son retour : un cocktail de drogues lui avait fait éclater le cœur au cours d'une petite fête qu'il donnait chez lui.

L'inspecteur ferma les yeux un instant. La mort de JAB était-elle accidentelle ? Si le rapport

médico-légal fourni par ses collègues norvé-
giens permettait de le croire, lui-même en
doutait. Trop de coïncidences s'accumulaient
pour ne résulter que du seul hasard. Puisque
la Norvège ne relevait pas de sa juridiction,
il n'avait d'autre choix que de se résigner à ne
jamais pouvoir démêler toutes les ficelles de
cette triste affaire.

Il se leva, alluma le vieux téléviseur Zénith,
changea manuellement les postes jusqu'à tomber sur une série documentaire portant sur
le développement de la police criminelle au
19e siècle. Il s'enfonça dans son fauteuil et se
mit à envier les officiers de la première heure.
Vieux jeu, l'inspecteur antigadget? Certainement, et heureux de l'être! *Vintage*, comme le
prétendait Agnès de La Coulonnerie? Il ne s'en
formalisait pas du tout. Il savait qu'il courait
les derniers kilomètres de sa carrière d'inspecteur, qu'il était devenu une sorte de dinosaure.
Son espèce menaçait de s'éteindre. Plus la
science et la technologie dominaient les différentes sphères de la société et s'immisçaient,
par le fait même, dans ses enquêtes, plus
l'heure de la retraite approchait. Mais il n'en
était pas encore là…

L'ultime rendez-vous avec sa cliente allait
bientôt avoir lieu. Jonathan Spin tapota la clé
USB posée devant lui sur la table du Bar

du Gaspi, à Schaerbeek, dans le nord-est de Bruxelles. Les informations que contenait le périphérique valaient leur pesant d'or.

Il aurait pu sans difficulté le vendre à plus offrant. Mais dans son domaine d'activités, la trahison coûtait très cher. Pas en argent, mais plutôt en vie. Vendre la clé à un autre signifierait se mettre à dos la Main de fer et passer le reste de ses jours à tenter de lui échapper. Il aimait trop son métier. Se servir de sa ruse et de ses charmes pour manipuler, à la rigueur flirter. Se montrer plus fin que les autres, surtout les policiers. Jouer au psychologue, débusquer les faiblesses de ses victimes et les utiliser à l'avantage de ses clients. Voyager à travers le monde entier… Il ne parviendrait pas à tirer un trait sur cette existence si particulière. L'adrénaline et le goût du risque finiraient par lui manquer cruellement.

Comme promis, il vendrait la clé à la Belge. Parfois, la meilleure des ruses reposait sur la sagesse. Celle d'obéir d'abord pour ensuite devenir un agent indispensable et irremplaçable.

Une femme portant des pantalons fuseau et une veste de cuir entra dans le bar. Une écharpe fuchsia voleta dans son sillage. Elle retira ses verres fumés, aperçut Jonathan et se dirigea vers lui d'un pas félin. Elle s'assit à ses côtés et l'embrassa avec passion sur la bouche, alors qu'ils ne se voyaient que pour la deuxième fois.

— Malgré un départ mitigé, glissa-t-elle à son oreille, vous avez fini par accomplir du bon boulot sur l'affaire Ergon.

Spin passa sa langue sur ses lèvres tout en la contemplant.

Il n'était pas peu fier du travail réalisé en un temps record et avec une équipe réduite : surveiller la cible, la contacter pour tenter d'acheter son prototype puis fouiller son domicile ; dénicher un bouc émissaire et créer une mise en scène plausible ; poser une bombe et s'assurer, par invitations envoyées, qu'un témoin assisterait à l'explosion et incriminerait le bouc émissaire ; modifier une assurance-vie… L'apparition soudaine de la clé USB lui avait toutefois donné du fil à retordre.

— Je vous félicite également pour cette mission de dernière minute, à Stavanger, susurra-t-elle.

« Cet idiot de Beck n'aurait jamais dû confondre souci personnel et affaire d'État », ressassa-t-elle. L'insouciance du Norvégien avait mis en péril les activités de la *Manus ferri*. Les six autres membres du conseil n'avaient pas hésité à voter pour son éviction définitive de l'organisation. Ce qui correspondait ni plus ni moins à une sentence de mort.

— C'était un jeu d'enfant, soutint Spin en lui caressant la joue, donnant à son tour le change.

Il se concentra sur le visage de la femme, qui abordait la fin de la quarantaine. Les fines

pattes d'oie à la commissure de ses yeux tra-
hissaient son âge réel. Il se doutait bien qu'elle
jouait le jeu de l'amoureuse cougar venant
passer quelques minutes en compagnie de son
jeune amant. Certainement pour berner les
policiers dans le cas d'une éventuelle filature.
Il savait aussi qu'elle repartirait bientôt, comme
elle était apparue.

— Je vous offre à boire? lui proposa-t-il.

Elle déclina l'invitation d'un langoureux
mouvement de la tête. Elle plaça sa main sur
la clé USB qu'elle fit glisser jusque dans son
sac à main.

— Qu'allez-vous faire maintenant, Spin?

— Repos de quelques mois oblige, annonça-
t-il. J'ai toujours eu un faible pour les petites
maisons blanchies à la chaux de la mer Égée.
Pas vous?

Elle approuva. Grâce aux descriptions
détaillées de Catherine Mandeville et de William
Fraser, Interpol avait réussi à établir un portrait-
robot assez juste de Spin. Sur le site de la police
internationale, le jeune homme figurait désormais parmi les criminels les plus recherchés.
Une île grecque représentait à ses yeux l'endroit idéal pour se faire oublier.

L'index de la femme effleura la lèvre de son
homme de main. Il avait subi une intervention
chirurgicale et sa cicatrice ne se voyait déjà
plus.

— Vous avez bien fait… Je vous laisse un
nouveau numéro pour me joindre. J'aimerais

beaucoup que vous deveniez un élément permanent de notre organisation. D'autant plus que le projet de loi contre l'obsolescence programmée, déposé en France il y a quelque temps, commence à faire des vagues dans d'autres États de l'Union européenne…

Spin se moquait bien qu'une loi permette un jour aux consommateurs d'intenter des poursuites judiciaires contre des fabricants ou qu'elle oblige ces derniers à allonger la durée de vie de leurs produits. Il n'avait que faire des questions d'ordre économique et environnemental. Que les pays industrialisés se débarrassent de leurs déchets toxiques en les expédiant en Afrique et en Asie ne lui faisait ni chaud ni froid. Seule l'épaisseur de son portefeuille comptait. Il prit la carte qu'elle lui tendait.

— Il sera toujours valable à mon retour? s'enquit-il, lui qu'on avait habitué au changement constant afin de compliquer la retraçabilité de la Main de fer.

— Soyez sans crainte. À bientôt.

Elle l'embrassa de nouveau, puis remit ses lunettes et s'en alla, sa chevelure bondissant derrière elle.

Satisfait, Jonathan Spin but une gorgée de Chimay bleue. Voilà, c'était une affaire réglée. Il venait de terminer avec succès sa période d'essai.

Sophia Brunelle appuya sur le bouton *power* du lecteur DVD qui s'éteignit. Elle le ralluma d'une seconde pression de l'index. Le petit écran afficha alors la mention *error*. Elle débrancha l'appareil électronique et réintroduisit aussitôt la fiche dans la prise de courant, dans l'espoir qu'il se réinitialise pour de bon. Le même message d'erreur apparaissait toujours en vert. Elle asséna deux tapes sur le boîtier, en vain. Tout restait bloqué. Elle ne pouvait plus rien en tirer.

— Il est vieux, ce lecteur?

L'adolescente regarda madame de La Coulonnerie comme si celle-ci venait de dire la chose la plus ridicule au monde.

— Qu'est-ce que ça peut faire que ma mère l'ait acheté il y a deux ou six ans?

La professeure de sciences et technologies pouffa malgré elle. En effet, qu'est-ce ça changeait que la garantie soit échue?

— Foutue machine de pacotille! s'impatienta la jeune fille. J'en ai marre de toujours payer pour des trucs qui ne durent pas.

— Qu'attendez-vous de moi, au juste?

Sophia roula des yeux vers le plafond du local. Depuis des années, Agnès de La Coulonnerie rebattait les oreilles de ses élèves avec le cercle vertueux des 11 « R ». Et l'enseignante prétendait ne pas comprendre ce qu'on espérait d'elle?

— Je pense souvent à l'invention de Kris, vous savez, commença l'élève. Surtout au but qu'il poursuivait. Je veux dire… Pas au fait qu'il souhaitait se venger de l'ex de sa mère, mais plutôt à son désir de se libérer de l'obsolescence programmée.

La femme écouta avec un peu plus d'attention.

— On pourrait donc, poursuivit Sophia, *réévaluer* le besoin de jeter ce lecteur DVD à la poubelle, *reconceptualiser* ou revamper la notion de réparation, *redéfinir* et *restructurer* nos valeurs de consommation, *redistribuer* nos énergies et notre argent, *réduire* notre empreinte environnementale et *réutiliser* l'objet plus longtemps que prévu au départ.

L'enseignante parut fort impressionnée par l'argumentaire que l'élève avait bâti et appris par cœur.

— Et en langage courant, ça veut dire quoi?

— Ouvrir un local où on pourrait apporter nos bidules brisés et où on pourrait apprendre à les retaper. Une sorte de Café Repairs, ici, dans l'école. Passer de simples utilisateurs soumis à des utilisateurs lucides, capables de comprendre le fonctionnement et la mécanique des objets de la vie quotidienne…

Le visage de la professeure de sciences s'illumina. Elle avait adoré Kristofer Gunnarsen pour ses talents scolaires et sa grande capacité cérébrale. Mais il existait toutes sortes de génies. Et Sophia Brunelle en était indéniablement un, elle aussi. Un génie pratique!

— J'adore votre idée! s'exclama la femme, ravie de découvrir en Sophia une nouvelle alliée pour défendre la nécessité d'une consommation éthique. Vous devez cependant savoir que rafistoler des bidules, comme vous dites, eh bien ça prend du temps et de l'énergie...

L'adolescente sourit. Peu importait. C'était sa façon à elle de se rebeller contre l'ordre établi. Et de faire vivre longtemps dans l'école la mémoire de Kristofer.

TABLE DES MATIÈRES

Les titres de la collection Atout

* Lecture facile   ** Lecture intermédiaire   *** Lecture difficile